CW01651698

EGO TANGO

DU MÊME AUTEUR

Ego tango, Champ Vallon, 2010.
Nous les bêtes traquées, Champ Vallon, 2012.
Bye Bye Elvis, Actes Sud, 2014.

© Champ Vallon, 2010
ISBN 978-2-330-04862-4

CAROLINE DE MULDER

EGO TANGO

roman

BABEL

À Grégoire.

LA MIRADA

Ezequiel, que je pense. Il n'y a que lui pour faire grincer toutes les marches à la fois – fébrile. D'humeur féroce, évidemment. Oublié le passé, le monde entier, plus rien n'existe, lui seul. Il ne frappe pas à la porte, qui est tout contre. Elle s'ouvre. « Frappe, nom de, combien de fois encore ». La pourriture !, je pense à part moi, pourrait frapper au moins. Je ne tourne pas la tête pour voir : je sais, je grelotte de tout mon long dans le sofa, que les anciens locataires ont laissé avant de filer. Jamais eu le courage de descendre cette masse morte et la poussière qui va avec. Toute force m'abandonne quand je la vois là en plein, d'où que je regarde, elle bivouaque dans mon champ de vision. L'allergie sévit depuis que j'y couche. De ce matin pas bougé. Je porte un soutien dont l'élastique est craqué, des collants résille couleur chair, noircis à hauteur des pointes, rien dessus, rien dessous, c'est tout simple.

Dehors l'hiver, et l'appartement chauffé à bloc. Ce matin lundi reçu un troisième rappel : la peur qu'on me coupe le gaz me fait pousser à fond. Toujours ça de pris au malheur.

Ezequiel. Il me tombe dans les bras, son visage froid dans mes seins, ses cheveux partout sur moi. Ses muscles à tout rompre, un spasme qui part de l'épaule et court sur ma peau. Je vois. Et puis quoi encore, je lui dis, quoi encore, que tu te pourris le sang avec. Pas bientôt fini, ces saletés. Pas de ça chez moi, t'entends. Bonne nuit. Bon vent. Le visage toujours caché, et moi toujours dans ses cheveux, il monte une de ses mains à ma nuque, comme s'il y voyait, caresse, rien qu'un peu fort. (Je faiblis.) Je t'ai dit : débarrasse-moi. Casse-toi, ou c'est moi qui. (Sa bouche contre ma peau me calme.) Je voulais, qu'il dit, te voir, je ne fais que passer. Par-dessus lui, agenouillé contre moi, moi allongée, par-dessus sa main en haut de ma cuisse, je vois la tache sombre de mon sexe, diminuée à peine par le collant clair. À cause de l'élastique, la circulation un peu coupée sous le nombril. Sur mon ventre, la respiration d'Ezequiel, tout son visage, sa peau mal rasée. Je commence à m'y perdre. Je passe ma main dans ses magnifiques cheveux un peu gluants. Leur odeur inhumaine. Je proteste mollement : c'est à cette heure-ci. J'attire son visage vers le mien. Il m'embrasse dans le cou, sans m'avoir regardée. Je n'ai plus rien à dire. D'accord, je pense, d'accord.

Mais il se relève. La pourriture. Je lui revaudrai, qu'il y compte. Je le regarde, le blanc de ses yeux est vaste (à s'y perdre), je lui parle, mes mots tombent, dans l'oreille d'un sourd. Bonne nuit chéri, va voir ailleurs (il rêve). Il se déshabille au milieu de la pièce, rugit de froid : attifé comme un mendiant, d'un gros pull aux coudes percés, d'un pantalon maculé. Non mais, tu couches dehors, ou quoi, que je ne peux m'empêcher. Mais tu t'es vu, là. Je ne voudrais pas me mêler, mais. (Là, je jure.) Et puis pas la rose, tu ne me toucheras plus jamais, tu m'entends. (Relevant une jambe décente pour cacher ma nudité.) Il se masse les bras, puis les mains sous les aisselles, comme un convoi de prisonniers.

Et ça y est, Ezequiel m'ignore. Débarrassé de ses oripeaux, il est toujours aussi grand. Beau gosse, vraiment. À peine un peu maigri. Ça nourrit mal son homme, le théâtre, que je lâche (à bout). Car Ezequiel est comédien. Du moins, il dit à qui veut l'entendre que là, il est sur une pièce. Par lui écrite. C'était pour novembre, mais ce sera pour février. Je le soupçonne de revenir chez moi pour se réchauffer. D'avoir appris à danser pour passer ses nuits au chaud.

Les choses sérieuses, maintenant. Je viens de me réveiller, je dis, pour ce soir je pensais aux 9 Billards. Moi pareil, qu'il répond. D'autant qu'au Chalet du lac, il y a plus de béquilles que de jambes. Je te suis au bout du monde, qu'il ajoute, galant. Après quoi se dirige vers la douche en prenant des airs. Le culot, je pense. À peine déshabillé il se prend pour qui. Fais pas attention, je lui crie, au bordel (gênée pourquoi, il a l'habitude).

Je regarde la pièce galeuse : un deuxième étage, deux fenêtres (pas grandes déjà) qui donnent en plein le mur d'une petite cour sombre. Moquette au sol, sur laquelle de la mousse dans le coin gauche, étrangement imbibé : d'indéterminables problèmes de tuyauteries – le voisin du dessus peut-être. Quelques affiches qu'il faut ramasser ou enjamber ou piétiner plusieurs fois par jour (le système colle invisible qui ne colle pas). En guise de lit, ce sofa qui me fera mourir, trempé comme une soupe (tuyauteries toujours, ou aération qui sait, comment savoir), et surtout des vêtements partout : sur les quelques chaises, le dos du divan, les plages sèches de la moquette, partout des chiffons, souvent de premier ordre, et des chaussures. La lumière : une poire nue à 220 volts louche vers le sol, éclaire les lézardes et la peinture qui dégringole par écailles humides. Tuyauteries.

J'écoute l'eau. La porte de la salle de bains est fermée. J'aime autant. Et surtout ne pas penser à la verdure moussue qui envahit les interstices des lattes de plastique (elles finiront par bouger seules). Ni à cette couleur rosâtre, rouge à peu près, dans les recoins et à tous les endroits que l'éponge (des grands jours) atteint mal. Ce n'est plus du détergent, c'est de l'herbicide qu'il faudrait. Pas un mot sur l'émail pelé de la douche, sur les taches noires et lépreuses qu'il laisse apparaître et dont chaque fois je me dis qu'elles s'agrandissent : mon imagination sans doute. Elle finira par me tuer.

Ezequiel sort de là, le corps tout en eau. Il a tordu en arrière ses grands cheveux, qui à sécher prendront une éternité. Il s'est rasé (mon ladyshave, je pense). À le voir comme ça, il pourrait être tout ce qu'il voudrait. Il me jette l'œil glacé d'un homme d'affaires en vacances. Je m'étais bien dit qu'il faudrait enlever mes collants sales. Je glisse sournoisement mes pieds sous un coussin du sofa. L'odeur de poussière m'oppresse d'un coup. Les relents de vieille fumée m'incommodent. (Pour effacer, il faudrait de la fraîche.) Quoique insolente et détaillant Ezequiel comme si je sortais de prison, j'ose à peine me lever. On est toujours moins nu couché que debout. Plus décent nu qu'habillé à demi. Là en l'état, pas possible. J'attends qu'il cherche dans l'armoire les habits qu'il a laissés chez moi, pour filer à la douche, encore chaude et embuée de lui. Le miroir opaque et blanc (j'y passe un doigt rêveur). Par terre quelques traces de pied noirâtres. (Où ont traîné ses pas.)

De mes pieds je touche ses traces, poussière colorant l'eau. (Où tu iras j'irai.) Tu en as mis partout, je lui crie à travers la porte : fais comme chez toi, surtout. Le culot, que je grogne, centre d'accueil ici, ou quoi. La vapeur épaisse cache les lattes. L'eau tiède puis chaude qui me remplit les yeux m'empêche de voir plus loin. Le bruit m'enferme. Chaque jour plus, le calcaire bouche le pommeau et amenuise le jet. Elle passe, cette douche, du chaud au froid, du glacé au bouillant, avec une égale violence. Impossible à régler. Me casse les pieds. Me serre les dents. Me crispe. La haine. Dévorante, je tiens le pommeau coincé, entre mes cuisses brûlées, me savonne. (Il chante.) Les genoux l'un à l'autre cognés, pointus. Toute droite, dépulpée, thoracique, encagée.

Mes os finiront par me faire la peau. Si ça continue comme ça, je marmonne. Je m'essuie avec la serviette qu'Ezequiel a trempée. Son corps tiède et mouillé, et toute la crasse de toutes les rues où il a traîné la patte. La serviette saturée ne m'essuie pas. J'ai froid. J'ouvre la porte en claquant de tout mon corps et je sors des vapeurs en robe du soir (soie diluvienne, jambes, résilles). J'enfile la première paire de talons hauts sur laquelle je trébuche.

Il m'attend debout, une cigarette entre les doigts comme s'il craignait de la briser, ou de se brûler, tenait du précieux, de la porcelaine. Tu m'as bousillé mon ladyshave, non mais t'as vu ça, je pense à part moi, mais je n'ose rien dire, il est sapé comme un milord, avec des airs pris on ne sait où. Il me baise la main, en me regardant par-dessous. Ses cheveux s'écoulant, ses paupières battues, brunes, ses yeux faussement ennuyés de vraie canaille, oh j'ai envie de lui murmurer des folies. Je lui remets son col de chemise, il me sourit infiniment. Nous sommes beaux comme les heureux du monde. Nous sortons. (Il me tient la porte.)

À peine avais-je tourné le dos, qu'il m'a fait les tiroirs. J'aime mieux ça. On a sa fierté. Qu'il demande, ou que moi, je lui remplisse les poches, ce serait abuser. D'ailleurs il m'offrira à boire, fera l'amant transi, jusqu'à plus soif. Parfois je lui lancerai de pingres regards. Rue Saint-Maur, qu'il dit au chauffeur. Les 9 Billards. Je n'ai pas connu le jour. Quant à Ezequiel, d'où revient-il, meurtri, de la rue l'hiver, pas dormi de longtemps, le ventre creux des matins de nuits blanches. Commence enfin à se réchauffer un peu, pauvre chéri, drôle de manière de s'amuser. Il a sa tête des jours où il me raccompagne. Ces jours-là, je déplie le fauteuil pesteux qui me mange la pièce (miasmes de vieilles plumes, d'acariens fossiles), je mets des draps blancs. À peine allongé, il s'endort tête la première dans mes seins, les mains à mon ventre. Récupérant mal un sommeil perdu on ne sait où mais il y a longtemps, c'était avant mon temps qui était une fois, qui est encore, une fois de temps à autre, le temps de, mon lit dans lequel il lui arrive de s'évanouir. Il est parti cet été. L'épuisement et l'hiver me le ramènent.

LES 9 BILLARDS

Les 9 Billards, dans la série lieux mythiques.

Disparaîtra en 2008.

Mais provisoirement, sept billards tout bien comptés. Ils attirent quelques rares joueurs, qui ne sont pas des nôtres. L'endroit abrite de gros piliers et une salle en L qui donne sur deux rues : on entre par la Saint-Maur et, côté Morillon, où sont les billards, la sortie est condamnée. Dès l'entrée le bar : c'est là que les Argentins, qui renâclent devant cette piste étrange, passent la soirée à causer et à boire de la bière en jetant des yeux distraits vers la piste. Cheveux en force, joues râpées, négligence millimétrée, tout un style.

Au-delà d'une petite palissade de bois, un mètre pas plus, le bal commence, et une piste de parquet échardé où le talon accroche. Le DJ, casé dans l'angle droit, passe une série de Francisco Canaro. *(Tiempos viejos 1926, Te souviens-tu mon frère de ces temps-là ? / C'étaient d'autres hommes, plus hommes qu'aujourd'hui / On ne connaissait ni coke ni morphine, / Les gars d'autrefois ne mettaient pas de gomina, 3-3-2.)* Pour arriver près des billards, il faut longer la piste. Aux premières loges une tapisserie de femmes très décoratives. L'endroit est bien connu pour ça. Nous vivons en symbiose avec les murs d'un côté, les billards de l'autre, nous attendons des jours meilleurs.

Sur le bord d'un billard justement, Lou plaît et s'ennuie. Elle me voit venir, sourit de non loin. Je rase le bois (les pieds) et la pierre (une main). Je souris moi aussi. Avant que j'arrive, on me la cueille au pied levé. Elle s'élève, l'air de ne pas savoir, sur ses talons perçants. L'air de fuir. C'est un peu comme si j'entendais sa voix aiguë. Elle a les bras et le dos tout en peau, et l'homme la main tout en corne, dans son dos. Elle a les yeux fermés et de ses cheveux rouges partout elle se bâillonne. Dans le cou, une contusion large et grimée, une plage dans les tons rouge bleu.

Une danseuse magnifique, tout le monde le dit. Je l'ai rencontrée ici même, il y a de ça un an. Assise sur un billard, ses jolies jambes dans le vide. Elle fumait en causant, entre deux élégants qui ne se décidaient pas à l'inviter. Et me la montrant : Lou, me dit-on. Tu la verras partout. Je n'ai vu d'abord que ses jambes et ses cheveux brutaux. Puis je l'ai oubliée le reste de la soirée. Il me semble juste qu'elle n'a pas dansé.

Quand elle danse, c'est avec l'aristocratie des lieux, les meilleurs cavaliers, ceux qui me rincent de l'œil, mais ne m'invitent pas. Quand Lou danse, elle sourit. Elle danse peu. Passe ses soirées à suivre de loin, à fumer, en regardant ses pieds qu'elle a de la plus petite taille, ses chevilles minces comme le doigt, ses chaussures flambant neuves. Toujours assise contre le mur, sur le bord d'une table, assise debout, rêvant plein ses yeux ouverts, pieds au sol ou dans le rien ou la fumée, ou se balançant, les jambes apesantes. Passe de longs moments à enrouler une mèche allumée autour de son index, avant de partir, les yeux battus ou ensommeillés, va savoir.

Tous ici connaissent Lou, qui ne connaît pas grand monde.

Il y a, comme elle assises, une rangée de vieilles rancuneuses, l'œil aiguisé, la bouche pincée, puant le renfermé. Le bec cloué. Entre trois et douze à s'ignorer mutuellement, moins nombreuses aux 9 Billards qu'ailleurs. Lou évite, tous nous évitons leurs parages faisandés. Quant à elle, personne n'ose. Pas encourageante, aussi. Les yeux dans son verre dès qu'on l'approche. Partie à peine débarquée, épuisée de ne pas danser et d'attendre, sa jolie tête un peu déclinée contre le mur, les yeux à l'infini, du vert et du jaune que pas un souffle, rien n'agite. Ici la froideur est de mise. Nous évitons de saluer la piétaille, le cavalier débutant ou même moyen. Il n'attend qu'un geste pour inviter : celui à ne pas faire. Les hommes saluent sans danger. Causent avec nous et invitent ailleurs. Nous avons appris à voir sans regarder.

Je m'assieds à la place que Lou vient de quitter, encore tiède d'elle. Je me dépenaille vite fait de mon manteau, mouton retourné, ventre à l'air, que je torchonne sur le bord du billard.

Tout commence vraiment par les chaussures, rangées dans des sacs exprès, veloutés ou satinés. Nous en changeons sitôt arrivées, laissant loin derrière l'hiver et la lumière basse et le cuir mouillé des jours de semaine. Nous perchons sur nos escarpés de jolies folles, nous nichons à des hauteurs épineuses, nous nous berçons, enlevées. Plus grandes que nous-mêmes, des gamines debout sur une chaise, et les hanches serrées de près, des oiseaux juchés sur des béquilles. Mon bras gauche te veut près de moi, le droit te tient en respect. L'un coulisse, l'autre équilibre. Mes talons rasent le sol bruyant, mes gestes sont loin de moi. Mes jambes dans le creux de tes genoux.

Même à distance, je suis fascinée par le bleu qui marque le cou de Lou. Fin de série. Elle s'éloigne de son cavalier, un peu çà et là et les bras vides, avant de se diriger vers les billards, où je l'attends. Son désarroi évident me fait chaud au cœur, je me sens une irrésistible envie de la consoler. Elle reprend la coupe de champagne laissée de côté. Je t'en ai bu, je lui dis. Fais comme chez toi, elle répond. Nous sommes chez nous, ici. Entre nous.

Avec Lou, il ne s'agit pas d'amitié. C'est une de ces camaraderies de bagnards, d'enfermés, comme parfois au tango, de ces liens qui ne résistent pas à l'air libre. Entre nous, il y a aussi une de ces complicités de femme, qu'on appelle jalousie ; je l'aime pour ses cheveux qui crient, rouges, et pour ses mains qui gesticulent, son besoin d'occuper l'espace, son corps envahissant. Il y a peu, j'étais sa confidente : ça fait des mois et des semaines que plus rien. Il faut dire que notre complicité date de notre rivalité. Ce qui nous avait d'abord rapprochées n'a pas tardé à nous séparer, sans heurt et sans haine mais sans retour. Entre nous, il y a moins de jalousie que de malaise. Il y a Alexis de Saint-Ours. Celui-ci couche avec Lou pour rester avec sa femme et, comme tout homme marié, c'est pour se convaincre qu'il a fait le bon choix – sa femme – qu'il reste avec sa maîtresse.

Je lui dis, qu'est-ce que tu as là. Elle ne sait pas de quoi je parle. Je lui murmure tout près du visage, ce que tu as au cou. La marque. Le bleu. Elle regarde où je ne suis pas, ses yeux ne lâchent rien.

Ezequiel fait mine de m'inviter, mais la tête ailleurs et le torse bombé. Du coin de l'œil je vois une blonde un peu avariée. À peine arrivé, je constate, de mauvais poil. Dégage. Il ne se le fait pas dire, il n'a pas le goût du sacrifice. La soirée s'engage mal.

Je guigne cette raclure d'Ezequiel qui, au bout de deux tangos peu satisfait, passe à une grande brune, Julie. Un corps de voûtes et de côtes qu'elle promène mi-nu dans les milongas. Chaque fois qu'elle m'embrasse pour me saluer, elle me presse les doigts dans la nuque. Bonjour ma belle, elle dit.

Me ramène à moi une violente odeur de fleur broyée : Lou. Lou prend dans les doigts frôlant puis relâche une de mes boucles d'oreille, que c'est pas mal ces bêtises-là, je les ai achetées où. Elle est très loin, du regard cherche les possibles issues. Tu sais, elle dit brusque, je tombe de haut. Elle me regarde comme si je lui faisais peur. J'ai peur, elle murmure, tout près, je bois son haleine de champagne sûri. Je bois la peur de ses yeux, je prends sa main froide dans la mienne, glacée. Ma belle, je dis, l'air de dire. Pleure pas. Elle ne pleure pas. De quoi ? Je me trouble en demandant. Oh non, pas Alexis, elle répond.

Hors d'elle et les yeux happés, ne reconnaissant plus rien, stupide comme si elle avait tout oublié. Elle me dit : au risque de te paraître bizarre, et s'interrompt. Son regard bée. Elle reprend son idée par un autre bout et dit : je voudrais te parler. Pas ici, demain. Je t'appellerai. Elle me pince légèrement le poignet.

Du neuf, que je pense, à part moi, avec en bouche un petit goût, je triture ma lèvre du bas entre mes dents. Cause toujours, tu m'intéresses.

Et puis là, elle craque, elle agite comme un hochet un petit rire qui perce un peu, un os qui troue la peau : une lubie. Elle rit maigre, que c'est une lubie d'Alexis. Elle indique de la main la marque au cou, en passant l'index d'un geste rapide, comme pour dire, fini. Se décapite d'un doigt léger et craque. Comme s'agissant d'une mauvaise plaisanterie, une gaminerie qu'elle avait pensé cacher, pour ménager un effet de surprise, et qu'elle lâche. Elle rit, comme si elle était fière au fond, d'aller si loin, d'être menée à ce point, et de me signifier qu'elle seule retient la tendresse d'Alexis, à quel prix n'importe.

Ezequiel revient avec une bouteille de champagne et une petite bouille mal avisée que je connais bien. Il louche vers Lou, qu'il n'a jamais osé inviter. Alexis n'est pas là, dit-il, comme pour s'assurer et l'air tenté. Quand on lui parle, Lou regarde ailleurs, où elle peut, comme si mal à l'aise avec nous, nous étions de trop, ou elle. Cherchant une issue. Ezequiel ne voit pas les yeux à la traque de Lou, ne voit jamais que son bon plaisir, et du moment qu'elle est belle, Lou pour le reste peut bien crever. Il tient le haut du pavé. Cause toujours, je pense, mais distraitement il frôle ses doigts aux miens. Il me prend la main et du pouce me caresse lentement la paume. J'ai le cœur qui bat, le sang qui monte, je rougis. Il me regarde par-dessous (la mirada.) Me laisse sa main, mais de l'autre, tendue, m'invite, petit mouvement obligé de la tête (le cabeceo).

(Nous oublions Lou.) Au bord de la piste, mon bras entoure son cou jusqu'à l'épaule. Ma main terrestre, la gauche, sur lui. L'autre, la céleste, à hauteur des yeux et les doigts au ciel. La façon qu'il a de presser ma paume contre la sienne. On ne peut rien te refuser, je souffle, à la légère. Sur sa joue mouillée, Julie encore. Sa chemise, blanche et froide jusqu'aux os. Ma main terrestre y trempe. Premières mesures d'un Pugliese toujours informe, rien n'est perdu encore.

Nous pourrions être heureux (dans les grands miroirs).

(Nous avons pour nous l'élégance outrée du riche né d'hier, qui en rajoute des tonnes, qui combine le chiffon mou et le dégriffé, nous avons pour nous le clinquant et les grands mots, l'or plaqué de nos boutons de manchette, de nos broches fragiles et de nos mains. Nous avons plus de bagues que de doigts. Nous avons pour nous la beauté du grand geste.)

Quand nous sommes revenus sur le bord de la piste, la transpiration nous faisait mal aux yeux, mais c'était aussi d'avoir oublié de cligner des paupières, et Lou avait disparu. Nous ne l'avons pas vue partir, ni où, ni quand.

Nous avons dansé jusqu'à la dernière cumparsita.

MON TANGO

Marlène nous reconduit, elle est de la partie tous les soirs. Voix off. Trop crié, trop fumé. C'est à se demander, dit-elle, ce qu'on faisait avant (avant le tango). Deux ou trois remarques édifiantes de ce genre. Dans la voiture, du Pugliese, encore lui, on ne s'en lasse pas. Elle écoute ça dès le réveil, et elle attend le soir. Nous aussi. Nous à l'arrière : moi et Ezequiel qui faiblit. Son épuisement manifeste reprend le dessus. Moi (dont les douleurs aux pieds deviennent chroniques) : j'ai les pieds brûlés, même assise, et couchée, les pieds nus, le matin en me levant je les pose le moins possible, je marche sur des œufs, des bleus, des perdrix, et puis de quoi ils ont l'air, avec les articulations qui tirent sur l'azur, peau inégale, bâclée à coup de lanières, les couleurs qui déteignent. Et puis (là j'hésite) on dirait qu'ils se déforment. Faut essayer les crèmes, dit Marlène, moi je mets des semelles en silicone, c'est divin. À l'arrière de la voiture, toute vague je me serre contre Ezequiel, son cœur, nos respirations comateuses d'enfants crevés.

Pour l'occasion je déplie le canapé-lit, mais seulement après avoir enlevé ma robe très folle. Je la regarde se refroidir, à même le sol et loin de moi, décharnée et à plat ventre, une poignée de soie détalée. Mes bas sont morts, de toutes parts filés, à toutes jambes, en long et en large, des trouées, et, à cause des chaussures qui teignent, des noirceurs aux pieds. Ils ne font jamais qu'une nuit, et dans un coin de la pièce, j'en ai tout un charnier en tas léger, flocons dorés aux pointes noires, vidés, et que j'hésite pourtant à jeter. Boitillant en sous-vêtements très luxe, je convertis le divan. Il grince de tous ses ressorts. Nous avalons la poussière, de grosses gorgées. Par miracle, il reste un drap dessus. Douteux d'accord, je dis, mais si ça te déplaît. Ezequiel se jette sur le matelas, en ce moment plus rien ne peut lui déplaire. Il est torse nu, ses beaux vêtements pliés sur une chaise. Je lui dis ça (si ça te déplaît) parce qu'il est trop fatigué pour partir ou même répondre. J'en profite. Je me rengorge. Il ne dit rien. Parce que si tu comptes sur moi pour repasser tes chemises. Oublie. Il ne m'écoute pas ; il oubliera tout ce qu'on voudra. Moi aussi. Je suis étendue tout du long d'Ezequiel, qui s'est relevé couci-couça pour caresser un de mes pieds, une léproserie de pansements défaits, qu'il enlève, ça fait une douleur agréable. Serre entre ses doigts la plante durcie. Remonte aux chevilles, très fines je sais. J'ai des attaches, je ne connais que ça, magnifiques. Je me tais. Le goût et l'odeur de vieux m'indiffèrent, et toute la misère de mes mètres carrés, qui depuis que j'ai arrêté de ranger se font de plus en plus rares, et je me dis qu'Ezequiel reviendra demain.

Dans mes coussins, les plumes sont d'oiseaux morts depuis longtemps, leurs os retournés à la terre. Je me demande, combien de temps, avant que se décomposent et qu'aillent en poussière. Volent en poussière, Déjà l'odeur.

Ma nuque, mes tempes noires, tout mon corps suit, adhère aux draps renfermés, me prend au cœur l'odeur bouffée de chaud, et celle de la peau d'Ezequiel. Nous ne dormons qu'histoire de dire, distraitement, nous n'aimons pas dormir.

Dans peu d'instants, je soupirerai non loin des bras de cet homme qui à poings fermés déjà. J'en suis là. À passer mes nuits en robe du soir, à tuer une paire de bas par bal, à porter une bague à chaque doigt. Toute une vie d'excès, à m'étourdir. Difficile de croire que dans le tango je cherchais l'équilibre. Ça remonte à quatre ou cinq ans. Plus que jamais, je filais un mauvais coton, cette fois avec un homme que j'avais trouvé différent, mais qui n'était que triste. Or cet homme, il m'était impossible de le toucher, de poser ma main sur lui. J'ignore la raison. Le contact, depuis toujours difficile, m'est devenu à cette époque-là impossible. Dernier stade d'une maladie ancienne.

Je me revois face à lui, me concentrant de toutes mes forces sur ma main droite, dans l'idée que le reste suivrait. Aucun mouvement, pas une esquisse, pas une ombre, l'immobilité, rien. Je voulais lui dire que c'était insupportable, à n'y plus tenir. Je finissais par dire quelque chose. Autre chose. Je voulais m'approcher. Mais tout s'étouffait dans l'œuf, impossible de toucher, et presque de bouger, les gestes me restaient dans la main, les mots dans la gorge, mon corps restait dans mon corps, je souffrais. J'étais enfermée loin au fond de moi, où personne ne me trouverait.

Quand il finissait, comme toujours, par me toucher lui, je n'étais pas là, rien dans le ventre, les mains vides. Ma peau était murée. Je ne tremblais ni de froid ni de rien.

Quand j'étais seule, je me faisais jouir en pensant à lui et en pleurant.

Depuis toujours, on ne m'aime que parfaite et froide.

Du fin fond, j'ai dit à cet étranger que je pensais me mettre au tango. Il aimait le tango, que d'ailleurs il ne dansait pas. Je ne le dansais ni ne le connaissais, c'est l'idée du tango qui me souriait et que je danserais mal.

Le tango était tout ce que je n'étais pas, en voulant l'apprendre je me faisais violence, il me plaisait donc d'avance. Cela se passait tous les mercredis, avec une galeuse paire de talons à pointes rondes. À bout de bras, un cavalier qui trouvait que je dansais magnifiquement. Je ne manquais aucun cours, aucune pratique. Je me suis mise à vivre de mercredi en mercredi. Puis très vite de milonga en milonga.

Le Latina, bientôt, c'était tous les soirs. Une salle borgne et tassée, rue du Temple, au-dessus d'un petit cinéma du même nom. Un plafond bas qui vous arrive à la poitrine, qui fait une tête de moins que vous, cette impression-là. L'air climatisé ne fonctionne pas, le ventilateur est décoratif. Je ne me rappelle aucune fenêtre. Petites tables le long des murs, tabourets contre la rampe de l'escalier. Comme une cave à l'étage, avec des piliers et un bar dans le fond. L'escalier donne directement sur la salle, bouffée de chaleur, ensuée hiver comme été. Il divise l'espace : côté bar ça s'accoude, côté piste ça danse.

C'est là que nous nous retrouvons, tous les soirs sans faute, du mardi au samedi. En entrant nous sommes pris, à cause de l'odeur confinée, de tabac, de sueur tournée, de parfums bon marché aspergés et de ce qu'ils cachent mal. À cause de l'humidité des corps et des respirations. Qu'il gèle dehors n'ôte rien aux épaisseurs d'un oxygène mastiqué et partagé par tous. C'est âcre, sûr et bon. Au bout d'une minute, il n'y paraît plus : nous dansons, d'un air absorbé. Parfois des gouttes de condensation tombent du plafond, où se forment de petites stalactites calcaires.

Au Latina, nous sommes chez nous. Dès le trottoir déjà, mais à peine perceptible, la musique. Tout le monde passe et personne ne sait. Les initiés ouvrent la porte vitrée et c'est comme s'ils y étaient, qu'ils quittaient la rue et l'ordinaire. Nous nous arrangeons pour vivre à proximité. Moi je suis à vingt minutes de métro. « Quatre minutes à pied, très exactement » se vante un de mes cavaliers. Nous nous verrons floués lorsqu'en 2008, après quelques réouvertures manquées, le lieu fermera définitivement ses portes. La larme à l'œil et applaudissant, nous fêterons tant de fois la fermeture définitive du Latina, qu'il finira par fermer sans qu'on s'en aperçoive. Sans doute pas grand monde, le dernier soir.

Ma première paire était rouge vernie, à bouts pointus et fermés. On les admira beaucoup. Mais malgré la vaseline dont je les enduisais tous les soirs, elles se sont bientôt écaillées. Tapées de partout – du fait de cavaliers maladroits et de mes propres talons. Depuis, j'ai plus de dix paires, toutes ouvertes, pour l'amour du risque, et des talons de quoi tuer, toujours plus hauts et fins. S'entassent dans un coin de ma chambre, parmi les sacs de satin marqués Buenos Aires.

Au tango, les femmes ont les pieds nus, été comme hiver, toujours au bord de prendre un mauvais coup, et meurtris de bleu et de cru, mal guéris du coup précédent. Nous marchons dans un champ de mines. Nous aimons ce qui ne dure pas. Les bons moments qui finissent mal. Les lanières, la terre et le cuir dense des pieds d'homme qui s'incrustent à vif dans nos pieds. Malgré tous les vernis, les crèmes cicatrisantes, une fortune, et les bas filés, ils nous en cuisent nuit et jour.

Je dansais fort mal, mes cavaliers m'assuraient du contraire. Je les croyais sans peine, ils se seraient battus pour une tenda. J'embellissais, je grandissais enfin. Je ne me posais jamais et je ne buvais de champagne que tiédi de tant m'attendre. Quand il ne restait plus personne, il y avait toujours moi et à ma suite quelques Argentins. Parfois ils chantaient : ils connaissaient par cœur les paroles de tous les tangos. Ils chantaient, je fredonnais. C'était l'heure fameuse : ceux qui devant la galerie ne m'invitaient pas faiblissaient et dansaient avec moi jusqu'à la cumparsita. Muñeca brava, riaient-ils, s'amusant à me rapprocher puis à m'éloigner d'eux pour me voir aligner des ochos appliqués (huit avant et arrière). Mieux que le geste juste, j'avais la sensibilité. Je sentais avec acuité (sa poitrine, ses mains, son bras gauche qui me tenait contre lui) et je suivais parfaitement. J'ai l'écoute, disent-ils.

Les premiers mois, le tango a été une vraie fête : tous dansaient si bien, tous m'invitaient, je ne refusais personne. J'accueillais avec la même gratitude le débutant et le confirmé. L'ennui n'est venu que plus tard. Parfois nous ne nous sentons bien nulle part, ni dans les bras de personne. Le meilleur tango est celui que nous ne dansons pas. Souvent, c'est l'idée du tango que nous aimons. Mais l'ennui n'a pas changé les habitudes. Il m'a toujours fallu de l'alcool avant de pouvoir danser, ça m'aidait à me lâcher, à me desserrer, et maintenant encore. D'abord les chaussures, puis la rasade. De temps à autre un œil dans le miroir des toilettes, histoire de m'assurer.

Avant d'habiter mon tango et mes gestes, il m'a fallu plus d'un an. Moins pour aimer avec démesure mon corps, qui à vingt-sept ans passés m'était étranger. Pour autant que je pouvais juger sans l'avoir vraiment regardé ni montré, il était cagneux, aigu, mal articulé.

Comme il y a soixante ans, me baignant en robe blanche et longue, dans l'eau ballonnant autour de moi, une cloche de tissu flottant. Cette sensation-là. Un corps qui même nu restait toujours habillé, engoncé, invisible, je m'empêtrais dans mes gestes comme dans des vêtements trop grands.

Après les chaussures rouges vernies, il y a eu les robes inconsistantes, trop courtes et trop profondes, cherchant trop loin ma peau, les dos nus, les ras du cou, les résilles, mon amour de la soie, de la fluidité et un amant. Plusieurs amants. Beaucoup d'amants, qui m'intéressaient surtout en ce qu'ils trouvaient mon corps magnifique. J'ai des épaules au relief prononcé, un cou trop long, une nuque en hauteur, un dos cambré, des jambes lancées, des chevilles poignantes.

Cela va mieux, mais pas tout à fait bien. Qu'à cela ne tienne, ma garde-robe prend des proportions intéressantes. Rien n'est trop beau. Rien n'est trop doux ni trop souple ni trop cher. Mon salaire y passe. Pour un décolleté, jamais hésiter devant un découvert.

Au bout de deux ans, j'ai commencé à prendre des cours particuliers. Depuis le début, Stéphane croit dur comme fer que je deviendrai une danseuse magnifique, et à force d'y croire je prends des airs. Il dit souvent, j'ai le corps pour ça, les attaches, les jambes, le port de tête, tout y est. Il dit, c'est quand je te serre le poignet comme ça, et je te sens un peu dure, un peu nerveuse, puis mollissant dans mes gestes, que je sais qui tu es. Il dit, nous ferons de grandes choses.

Ne danse pas, marche. Je marche. Je marchais dans ses pas, dans le bruit de nos pas doubles. Je ne peux pas te sauver la vie, il disait. (Ne t'accroche pas, ne t'appuie pas, ne pèse rien.) Tu n'as pas besoin de moi, tu es belle sans moi. Et il se détachait pour me regarder marcher seule, en face de lui, avant de reprendre ma main et de me tenir contre, de m'emporter, ses rastas noires plein mes joues. Grâce féline de cet homme pas mince pas grand. Tu n'as pas besoin de moi, mais ne t'éloigne pas.

Ne t'éloigne pas de moi. Parce que là tu ne me veux pas, là tu ne m'aimes pas. Toujours garder ta poitrine, ton visage en direction de ton cavalier. Pour la peine, il m'a fait danser autour d'une chaise, dix fois, cent fois, d'un danseur fantôme, après il m'a dit, là tu ne t'éloigneras plus jamais de ton cavalier. J'ai dansé d'innombrables tangos autour d'une chaise, ou contre un mur, les mains à plat.

Me tenant contre et sans voir rien : Là tu es belle, tu es grande, je le vois. Ou, là tu es étroite, tes mouvements sont tout rentrés, trop petits pour toi. Avec ce corps-là il faut des gestes. Je finissais par grandir.

Poitrines parallèles, en abrazo fermé le regard droit, en abrazo ouvert les yeux sans regard. Tête haute. Au besoin, la main animale coulisse comme un serpent, de l'épaule droite à l'omoplate gauche ou inversement. La main céleste garde distance, toujours égale à elle-même et d'apparence immobile. (Il dit ça main céleste, main terrestre.) Les chevilles se joignent à chaque pas. C'est au fini des pieds qu'on reconnaît la bonne danseuse, dit Stéphane, à leur manière de se poser, se frôler et marquer le pas.

Il ne comptait pas ses heures, et nous dansions, buvant entre deux tendas du punch maison, à même une grande bouteille plastique. Une buée de sueur sur sa peau noire. Ça se passait d'abord, avant qu'il n'achète le Chantier, dans une petite salle à l'arrière d'un billard, peu fréquenté mais immense, ou était-ce la hauteur sous plafond. Il y avait quelques machines à sous. Sur son épaule, dans sa main, je ne pèse rien. Je deviens fluide, un courant clair dans de l'eau, je deviens son odeur, le bruit de ses pas, sa manière de danser. Et je dansais, je buvais tellement, le cœur rompu, que je sortais de là dans un état second, et heureuse. Je ne pensais plus qu'à me retrouver, me prolonger, et j'allais directement au bal, pleine de mes mouvements, le corps habité de grands gestes, de grandes promesses. Elles me portaient. Je les tiendrais, tiendrais pas.

Stéphane mourra pendant l'été 2009, en plein bal. Le cœur. Ça fera des entrefilets dans les journaux locaux : « Un danseur professionnel de tango est mort d'une crise cardiaque dans la nuit de samedi à dimanche sur l'île de Batz. » « Quelques minutes après une démonstration de danse intensive, vers une heure du matin, Stéphane King a été victime d'un malaise à la sortie de la salle des fêtes. »

En dehors du tango, le problème persiste pourtant. Pas faute d'avoir essayé. Une fois assise, bien installée face à lui, lequel n'importe, mais d'une manière ou d'une autre et sans savoir comment ni pourquoi, toujours loin, sur le lit s'il est dans le fauteuil, par terre s'il est sur le lit, je le regarde fixe et je me concentre sur ma main droite, sur tout mon corps, je me dis, l'alcool aidant, et l'indifférence, que je me lève, je me dis que je tends la main, je me dis que je le touche, n'importe où, que je le prends dans mes bras, c'est le plus simple mais si sentimental, ou encore que je pose ma main sur lui, plus osé c'est préférable, je ne pense plus qu'à ça, pendant que nous parlons de tout ou rien, et que lui aussi ne pense à rien d'autre, mais différemment, et qu'il finit par se lever, par me toucher. Avec ma paralysie, mon silence, malgré les paroles insignifiantes que je répands avec angoisse. Et quand je bouge enfin, ce n'est plus vraiment moi, pas ma peau, pas mes mains, pas mon sexe. Je regarde l'amant qui ne fait que passer avec des yeux troubles qui ne sont pas les miens.

(Le tango est meilleur.)

Le tango rend le sourire aux plus tristes. Cela se voit souvent, j'en ai tant vu, de ces filles qui ne sourient que les yeux fermés, en dansant. Comme si bercées, portées peut-être, nous retrouvions quelque chose de perdu, où et quand. Comme si nos corps se rappelaient, quoi. Des gestes très anciens qui nous reviennent. Sans penser, nous habitons chaque temps, enlevées, nos mouvements portent le poids de nos corps. Ça que nous venons chercher tous les soirs, ce plaisir-là. Et celui de l'abrazo, de l'axe partagé. De taper dans l'œil, nous qui le jour longeons les murs. Tu me contiens, je te remplis. Tu es creux sans moi, sans toi je me défais.

En un peu moins d'une semaine, le tango est devenu une drogue. Si je ne danse pas de plusieurs jours, j'ai les nerfs qui frôlent et une tension dans tout le corps, des fourmillements au bout des doigts. Le troisième soir, auprès des cavaliers : excuse-moi, ça fait trois jours, juste le temps de me dérouiller. Parfois, je tremble. Besoin physique de l'abrazo de préférence cerrado, serré, très serré, sur mon cœur et le sien. Il m'arrive souvent de fermer les yeux et de sourire.

L'homme regarde droit devant, la femme en arrière, il avance, elle résiste et recule – les visages tournés dans le sens opposé.

Nos joues se touchent, elles fondent et coulent. Nos tempes dans nos cheveux, nos cheveux en eau. Nos poitrines tout contre, nos dos dans nos paumes, nos jambes à ras, 3-3-2. Parfois nous chantons, sur le bout des lèvres. Nous attendons le soir toute la journée. Nous avons le cœur qui bat plus vite, à mesure que le Latina devient plus proche. Nous n'avons plus d'amis qui ne dansent pas.

Au Latina, j'ai d'abord été approchée par ceux de ma caste, pourtant reniée de longue date : catholiques, royalistes et même bonapartistes, la droite bien-pensante, celle qui aime le panache, les causes perdues et les grands sentiments. Il doit m'en rester quelque chose, les yeux peut-être. Parmi eux, Anne-Marie Von et Lou. Je commençais à m'en détacher, lorsque Alexis de Saint-Ours m'y a ramenée. Au même moment, Geoffroy a déserté, sans laisser de traces. On n'a jamais su, finalement, ce qu'il faisait dans la vie. Il parlait souvent de s'installer en Belgique où le régime fiscal lui serait favorable. Il avait une Mercedes toujours au garage et une BMW qu'il prêtait à une femme qu'il appelait la comtesse. La comtesse par-ci, la comtesse par-là. Le dimanche, tout ça se retrouve à Saint-Nicolas du Chardonnet.

Pour tous ceux-là, pour nous tous, le tango est ersatz plutôt que prélude. Nous y jetons nos corps perdus et il devient nos jours et nos nuits. Nous couchons dans les milongas les yeux grands ouverts. Nous y passons nos nuits d'amour et d'insomnie. Nous y passons, la nuit, les jours que nous ne vivons plus. Nous qui n'avions le temps de rien. Nous que le temps pressait. Nous et notre vie qui attend. Notre vie attendra.

LOU LÂCHÉE

Ad nauseam. Nous ne parlons plus que de ça : la disparition de Lou et celle d'Alexis de Saint-Ours, plus vu depuis. Enfin du neuf à remâcher.

Il faut dire que dans le monde du tango, rien ne se passe jamais. Quelques chassés-croisés, les années d'abondance. Des amourettes foirées. Plus qu'à notre tour, nous attendons, et rien ne vient. Cette disparition constitue un événement. Sans crier gare, Lou disparaît. Sans rien laisser, et surtout, sans rien emporter. Ne réapparaît ni le lendemain, ni le surlendemain, ni aucun des jours de cette semaine ou de celle d'après. Elle ne retournera ni chez elle ni chez Alexis de Saint-Ours dont l'appartement semble déserté. Lou a disparu, sur ses talons aiguilles et avec sa blessure au cou. Certains pensent à une fugue, d'autres à un enlèvement. Tout le monde pense bien sûr à Alexis de Saint-Ours et le dit tout haut.

Ce soir par politesse, certains n'en parlent qu'à voix basse, eu égard à l'hôtesse. En effet, la tante de la disparue, Anne-Marie Von, organise chez elle une milonga sauvage le mercredi, soir perdu où les débutants se bousculent au Latina et où nous nous débrouillons pour ne pas y être. Les débutants n'existent pas, population instable dont il faut cependant redouter l'invitation inconsidérée et la subséquente mésalliance. À contresens, l'homme au pied lourd et la femme aux talons tremblant de tout leur haut, multiplient de suicidaires figures et s'entraînent l'un l'autre dans des chutes avortées. Imprévisibles, ils percutent à gauche à droite (tenir les distances, ouvrir l'œil et le bon), se retrouvent en milieu de piste. Les habitués râlent entre leurs dents, cet endroit n'est plus ce qu'il était.

Le premier mercredi après la disparition, soit deux jours après les 9 Billards, nous sommes au complet, rue du Pont-aux-biches, à danser et à deviser de l'affaire, en mangeant des sablés que nous puisons dans de grandes boîtes de fer blanc. Depuis deux jours qu'il vit chez moi, Ezequiel s'improvise mon cavalier, en grognant que, rue du Pont-aux-biches, il n'y a que des vieilles. Je nuance qu'il y a aussi quelques vieux, dont j'évite d'ailleurs à grand-peine les regards engageants. C'est l'une des raisons pour lesquelles je n'ai, très longtemps, plus paru à ces mercredis. L'autre raison étant mon allergie aux chats toujours plus nombreux qui infestent l'appartement. Les chats de la tante qui se sent seule, colonie fétide, tigrée, croisée en tous sens. Vous courent dans les jambes quand vous dansez, muent sur vos genoux quand vous êtes assis. Jamais s'asseoir. Ou compter trois jours pour se remettre. L'odeur aussi, une odeur de chats mal nourris, vous soulève, même lorsqu'ils sont séquestrés dans la chambre, elle est partout, où que vous soyez. Je suis pourtant revenue, il y a six mois, lorsque Alexis de Saint-Ours s'est joint à nous.

Il y a place pour quatre à cinq couples de danseurs, une fois le convertible et la table reculés à fond. Sur celle-ci, un vieux magnéto et les boîtes de biscuits. Le long du mur, une banquette achetée aux puces exprès. L'appartement, style années 70, situé sur le périph, fait une cinquantaine de mètres carrés en tout. Un double living et une chambre, papier à fleurs anglaises, évidemment jauni. Lou y vit avec sa tante. Non, pas gai, et pile au-dessus des feux. Toutes les quelques minutes, branle-bas, moteurs, et vitrage simple avec ça, un propriétaire à qui on tirerait un bol de sang plutôt qu'un radis. Lou prétendait qu'elle était habituée. Elle dormait avec des chats plein son lit. Par-dessus le marché, la vieille elle-même, qui l'héberge et la traite en parente pauvre. Mais elle se sent seule et la petite n'a pas un clou : tout le monde y trouve son compte. Chez moi, c'est comme retrouver une aiguille dans une botte, mais calme au moins, pas d'animaux, je les déteste, et pas de vieille, un vrai bonheur.

Toujours un je ne sais quoi d'inquiétant dans les milongas, des personnages troubles dont les paillettes soulignent l'ambiguïté. La Marquise, robe noire, fendue des pieds à la hanche, découvrant un bas stay-up sur sa cuisse soixantenaire. Que du Chanel et du Dior, qu'elle dit, c'est son titre de gloire. Il y aussi Gomez ou Gomero ou de Silva. Le nom change toutes les semaines, et avec ça, une tête de cour d'assises. Les yeux et les mains partout. Grande tension dans ses bras et ses épaules quand il danse. Tout son corps se crispe et comme une coquille se referme sur sa cavalière. Souvent flanqué d'un vieux, pas tout à fait un nain, qui fume un cigare épais et ne danse jamais. Fernando, masse colombienne d'un mètre quatre-vingt-dix pour quatre-vingt-quinze kilos, coince les femmes dans les toilettes du Latina ou dans leur propre voiture lorsqu'elles consentent, par charité, à le reconduire chez lui après la milonga. Moi aussi je me suis débattue tandis que le colosse me serrait les poignets comme des fétus, m'assurant que j'étais la femme de sa vie.

Anne-Marie Von (Von quelque chose, un nom allemand) est habillée de noir, comme toujours, mais pour l'occasion, elle porte un châle sous lequel elle fait mine de couver un début de maladie. Elle a sorti ses lunettes d'aveugle. Ne va nulle part sans lunettes, fumées au moins, car elle est, dit-elle, hypersensible à la lumière. Plus la saison avance, plus les verres se fument, vers l'été virent au noir hystérique. L'hiver, jaune rembruni. Jaune les soirs où elle se sent seule. Après avoir relevé ses lunettes sur ses yeux minés, comme si elle y voyait mal, elle grêle alentour de courts regards un peu idiots, des mouvements de tête érectiles, on dirait une pintade. À fleur de peau, elle touche un collier vitreux qui transpire de la plus belle eau. Le retour d'âge sans doute. Elle a ce petit sourire déchiré. Les yeux mal défendus, un peu tirés vers le haut. Grands cheveux cuivrés en bataille perdue. Elle relève à chaque instant une robe qui, bien que très couvrante, bâille un peu à hauteur du col. En fin de soirée, débarrassé de son plâtras, son visage fait plus jeune, mais son éternelle jupe noire lui arrive toujours au-dessous du genou. Elle danse avec des chaussures de ville auxquelles, pour faire illusion, elle a fait ajouter par un cordonnier deux sangles croisées. D'un pas mal assuré, elle se réfugie dans un coin, avec son café au lait. On peine à croire qu'elle est chez elle.

Elle se ravise et vient dans ma direction, tenant sa tasse à deux mains, me balance comme ça un petit sourire, avant de s'asseoir, sur la banquette le long. Dans toutes les milongas, même ici, la banquette est un endroit peu stratégique, où s'aligne une dissuasive rangée de vieux jetons femelles. Pas souvent que j'irai me poser près d'elle. Drôle de numéro. À deux mains sa tasse qui fume moins que la clope de sa voisine, au bec tout ridé. Sur fond de porcelaine deux mains onguleuses, veinées et amochées de mauve. Chez certains, tout est dans les yeux ou dans les lèvres. Chez elle ce sont les mains. Pendant que son regard se baisse, ses doigts crissent, chacun des petits os prend un relief accusé, les tendons se tendent tous les cinq. Les ongles courbes peints en vieux rose, une de ces couleurs soldées toute l'année. Son eau de Cologne la décrépit à volonté, et aussi la couche de plâtre clair dont elle s'emmure les traits.

Quant à la raison pour laquelle Anne-Marie Von est la première à arriver aux milongas, la dernière à en repartir : elle ne supporte pas la solitude. Ni le métro plein, ni ses deux pièces avec tous ses chats, à peine si elle tient debout, dans le living défenestré, grand ouvert, bâillant au ciel, vue imprenable, télé grande gueule, le téléphone en main, sonne occupé, absent, sonne le tocsin, elle piétine, fait cent pas, quatre cents coups, tourne pas rond, sait plus qui elle est, ni d'où, ni où, renverse sur la toile cirée son café, qui dégouline sur le parquet, du bec lui coule. Quand Lou n'est pas là, elle descend au bar d'en bas, même pour petit-déjeuner, va au resto sans un sou vaillant, le patron la chasse des yeux, elle s'en bat l'aile, reste là des heures, du regard fait des tours d'horizon, avec la même conso, qu'elle fait durer que c'en est indécent, du café froid, du coca sans bulles, pour rien au monde ne bougerait de là, monterait seule moins encore, elle guette le retour de Lou, que celle-ci la fasse monter, où était-elle encore et c'est à cette heure-ci, elle se met dans des états. On ne lui a jamais connu d'amant. Lou (haussant le sourcil) dit que pas demain la veille.

Anne-Marie Von supporte si mal la solitude que l'automne dernier, après une milonga, elle a passé une nuit chez moi sous prétexte qu'elle ne souhaitait pas rentrer seule si tard. Elle avait un pyjama dans un sac et une brosse à dents. Avant de dormir, elle a juste demandé si elle pouvait se laver les mains. Nous sommes nombreux à l'avoir ainsi hébergée, les soirs où Lou n'y était pas. C'est dire de quel œil elle voyait l'idylle entre sa nièce et Alexis de Saint-Ours. Elle mettait tout en œuvre pour attirer celui-ci chez elle. Fermait les yeux sur l'irrégularité. Ne pas perdre Lou était sa priorité.

C'est pourquoi Anne-Marie Von avait acheté une toile blanche assez coûteuse, où, les mercredis à 22 heures, Alexis de Saint-Ours projetait en avant-première des fragments de ses travaux, sur fond de tango. Une fiction expérimentale, dit-il. Il n'en finit pas de la monter. Et les bribes d'images, les fragments, les détails s'accumulent sans s'accorder. Paraissent fuir en avant sans rien cerner.

Ezequiel remet le CD, qui accroche régulièrement. Assis près du magnéto, il a l'œil morne et grignote un sablé en me maudissant. Il ne se doute pas le moins du monde que l'heure est grave. Que Lou a disparu de manière inquiétante. Très vite, il est vrai, un certain relâchement s'observe parmi les invités. Un peu comme à ces dîners d'enterrement. On est triste, bien sûr, mais de moins en moins, le vin aidant, et bientôt on n'en peut plus d'essayer, par politesse, de penser à des choses tristes sans y parvenir. Nos rires à ventre ouvert ont quelque chose d'obscène et de meilleur encore que d'habitude. Sans compter qu'aucun chagrin ne résiste à une bonne série de milongas. Aussi, à mesure que le temps passe, c'est l'hypothèse la moins inquiétante, celle de la fugue passagère, que par opportunisme nous privilégions. Lou, partie se promener, fait un tour et reviendra.

Je n'y crois pas un instant. Anne-Marie Von non plus, ça se voit à l'œil nu. Elle a prévenu la police, qui lui a fait remplir une fiche. Une brouille d'amants, ma petite dame, mais remplissez toujours. Lou pourtant pas le genre à disparaître. Pas la force, pas le cœur à ça. C'est à cause de sa fragilité financière, bien sûr, qu'elle s'est installée chez sa tante, la sœur de sa mère, mais au fond et malgré ce qu'elle en dit, parce que ça l'arrangeait de vivre avec son excentrique de tante et ses chats. Elle avait vécu avec un homme, un seul, de ses dix-huit à ses vingt-huit ans. Lorsqu'il est parti, Anne-Marie Von l'a prise sous son aile. C'est elle qui a amené Lou au tango.

Lou est facile. Sauf sur la piste où elle ne suivra qu'un danseur confirmé, vous l'emmenez où vous voulez. Lui faites faire ce qui vous plaira. Elle se venge de la vie et de vous autant qu'elle peut. Compense l'absence. En rajoute des tonnes. À force, elle est devenue légère, de façon forcenée, légère à mort. D'une légèreté compulsive. Pour s'étourdir, se rassurer, s'abîmer ou accumuler. Elle ne sait pas bien elle-même. Toujours est-il qu'elle rit souvent et qu'elle va toujours bien. Lou s'amuse. Le tango est devenu sa priorité.

Elle y est d'autant plus habile qu'elle a passé sa jeunesse devant un miroir, à faire des pointes et, à dix-neuf ans, elle a compris qu'elle ne grandirait jamais plus. Elle a arrêté la danse classique du jour au lendemain, quand elle a su qu'elle ne serait pas étoile. C'était après que son professeur avait passé en revue tout le ballet, précisant à chacune pourquoi non, pourquoi jamais, et en quoi déficiente, insuffisante, soit les ligaments trop courts, soit les pieds trop arqués, elle jouissait, qu'il faudrait travailler encore et encore sans jamais arriver à rien qu'au corps de ballet. Lou c'était les hanches. Et puis trop grande, d'abord. Elle lui a dit ça, vous jamais. Quand elle a eu fini, elles se sont remises au travail. En sortant, Lou a jeté ses chaussons dans la première poubelle venue, à peine chez elle déchiré ses vêtements de danse et, à l'aide d'un coupe-ongle, elle s'est fait des chiffons, une réserve qui a duré des années, tout ce temps elle a traîné sa peau de biche renversée de chamois crevé ventre à l'air dans la boue. Elle y prenait le même plaisir qu'à méchamment se griffer à lame étroite, petits coups serrée entre ses doigts. Sa mère distraitement, sans y penser, faisait la poussière avec une aile de tutu.

Les pieds de Lou sont restés très marqués, les ongles surtout qui sont tordus, ne poussent plus. Elle ne les montre jamais. Elle met toujours des bas couvrants ou des chaussures de danse fermées.

Lou dit ça, qu'à l'époque, son père avait déjà passé l'arme, grand bien lui fasse, il avait bu la goutte de trop, celle qui a fait déborder la vase de son foie. Bel homme, ça oui, il avait de la gueule et sa famille en dégustait pas mal. Il mâchouillait sa cigarette d'un air méfiant et les mains comme des feuilles. Le concert de ses mains lorsque ses couverts cliquetaient contre l'assiette. Tout tremblait autour de lui, autant que lui. Toujours de la peinture sur la peau, et les ongles vernis d'huile. Entre ses dents, que rien ne marchait, rien ne se vendait, des jurons plein les mots. Et pendant qu'il ruminait son tabac et empâtait dans la haine et sans patience l'une ou l'autre croûte, sa famille rasait les murs, vivait dans la terreur et sur la pointe des pieds. Leur manière à eux de jouer à cache-cache, au doigt et à l'œil. Il est mort à l'hôpital, d'une amputation de la jambe, que la dégradation de ses os avait rendue indispensable. En apprenant la nouvelle, ils ont tous pleuré d'énervement. Sa mère dans un état, on ne sait si c'était la joie ou trop de malheur, s'adressant à son frère, à elle qu'elle secouait comme un jeune arbre, leur vie allait changer, et de grandes phrases, qu'elle répétait à l'infini, il faudrait être à la hauteur, c'est comme s'ils allaient monter en scène et qu'elle avait oublié son rôle.

Jamais su comment elles vivaient. Anne-Marie Von en congé maladie (genre dépression) était violoniste. Avec le peu qu'a laissé son père, Lou a fait l'École du Louvre : une idée de sa mère bourgeoise qui, à la mort de son mari, a multiplié les manœuvres de compensation, qui ne compensent jamais rien. Maintenant, Lou court les castings de figurantes. Paraît que c'est de bon rapport, la figuration, mais pas tant déjà. Lou et sa tante partagent leur oisiveté avec plusieurs habitués des milongas, qui passent leurs jours à se remettre de leurs nuits, leurs nuits à remonter le sens des aiguilles et à tuer le temps à coups de talon. Lorsqu'on leur demande ce qu'ils font : prof (professionnel ou professeur) de tango, chercheurs, intermittents, précaires, et quelques autres occupations mal définies qui n'engagent à rien, tout ça n'est guère encourageant. Tout ça ne m'encourage pas. Lou s'en fout. Coupe court à toute ambition. Elle va confiante qu'elle trouvera du travail le jour où elle décidera. Elle s'intéresse à l'antiquariat, aux galeries d'art. Elle se voit bien commissaire-priseur. Quand elle sera prête, dit-elle.

Lou a-t-elle jamais quitté Paris, pas sûr. Quant à Alexis de Saint-Ours, comment imaginer qu'il ait déserté le domicile conjugal, même vide, sans laisser d'adresse. L'idée me frappe désagréablement. Cela tombe sous le sens. Une tentative de sauver les meubles, de recommencer, comme si c'était possible, où personne ne les trouvera. Sur la demande d'Alexis, départ brusque de Lou, en chaussures décolletées et robe de soie. Une sorte de ricanement intérieur me rassure : il n'en est rien.

« Je m'endors », murmure Ezequiel gavé. Et il me regarde avec un petit hochement de tête pour m'inviter, genre tu me dois bien ça. Tous les deux, nous sommes étonnamment jeunes, rue du Pont-aux-biches. Nous voyons nos visages dans la glace à bords dorés au-dessus de la cheminée. *Primero hay que saber sufrir, / Después amar, después partir, / Y al fin andar sin pensamiento.* Sur le haut de mon bras droit dénudé, le souffle d'Ezequiel me perturbe. *S'en aller sans une pensée.* Et la moitié gauche de sa bouche contre ma joue. Son ventre et sa poitrine tout contre moi. Je me sens faiblir. Mais au bout d'une tanda, Ezequiel brise là, affirme qu'il en a assez, et puis-je lui passer la clef. Jamais, je dis. Deux jours que j'essaie de te mettre à la porte. En même temps, pas envie de faire de vieux os ici, cette ambiance me plombe, et l'idée que Lou et Alexis ont disparu ensemble. Je disparaîtrais bien, moi aussi, envieuse au fond. Sale histoire pourtant. Moi qui la connais mieux que quiconque, je ne serais pas étonnée si on retrouvait le corps de Lou dans un fossé ou un canal, ou au fond d'un trou. Un corps mutilé, par le fer ou le plomb.

L'ABRAZO D'EZEQUIEL

Le milieu du tango se caractérise par la stagnation chronique, l'enlisement dans l'éternel présent d'un disque qui passe en boucle. Demain pourtant, quatrième jour de la disparition, les évènements se bousculeront, dans ma tête du moins : Lou apparaîtra, son visage, son corps et j'entendrai sa voix.

C'est Ezequiel qui – sans même s'en apercevoir – me fera retrouver ses traces. Demain. (Toujours demain.)

Ezequiel, éternel noceur, amoureux chronique, amateur de bonne chair, s'entichant, se détachant à volonté. Cet animal d'Ezequiel est si naturel, si dénué de toute arrière-pensée, si bourré, à ras mort, de son bon plaisir, et rien n'existe que ça, qu'étrangement il me facilite les choses. Son regard incapable de me connaître me tend un miroir dans lequel je ne me vois pas. Mes angoisses perdent toute consistance, se défont dans ses yeux qui ne me disent rien. Restent mon corps et la surface de ses mains.

Ses mains sur mon corps vidé ne m'empêchent pas de paniquer, à l'idée qu'à la faveur de l'hiver il est en train de se réinstaller chez moi. Ezequiel censé pallier mes désordres affectifs, c'est du soigné. Un emplâtre sur une jambe de soie. Ça continue. C'est reparti. Je me réveille à côté de lui, pour la troisième fois de suite. Angoissée, je ne sais pourquoi, à l'idée de l'avoir ici pendant que je n'y serai pas. Moins la peur du cambriolage, de la violation de domicile, qu'un sentiment oppressant et indéfinissable. La peur de me retrouver à la rue, pendant qu'il restera seul maître chez moi. En même temps la désagréable idée qu'il pourrait ne plus être là quand je rentrerai.

Aussi, pour la troisième fois, je déglutis de malaise en me réveillant. À la bouche, le champagne de la veille m'a pourtant laissé un goût allègre. Malgré l'estomac chamboulé, le sommeil manqué. Ezequiel dort, le dos tourné. Je lui caresse l'épaule, sans trop y croire. Rien. Je l'embrasse. Personne. Je me déterre. J'enfile des vêtements que je cueille au bas du lit.

7 h 23, des paillettes plein le visage et du strass dans les cheveux. Mon débardeur argent s'est défait dans le lit et sur moi. Petit air de fête dans le miroir. Sale tête, pas flattée dans la grande lumière de la salle d'eau. Ventre tiraillé, trop bu, mal dormi. L'autre, encore au lit, le sommeil du juste. À côté de lui, son sac, grand ouvert, éventré, débordant : tout un début d'installation. Cette pègre s'éternise. Ça ne se passera pas comme ça. Habillée de mon jeans, de ma veste faux vrai, je bois un grand verre d'eau, ça me soulagera. Ça me donne le tournis. Froid dans le dos.

J'ai toute la journée pour réfléchir à la question. Mon travail – provisoire – de réceptionniste à l'Hôtel de la Croix de Malte (****) me laissant de larges plages. La vraie vie, disent-ils. Ils demandent, Et dans la vraie vie vous ? Les imbéciles. Je vis fort mal et je dors, toutes ces heures où je n'en finis pas d'être debout, d'un œil refait à coups d'anti-cerne, de sourire parce qu'il le faut bien, l'air de quoi dans mes vêtements convenus qui font deux tailles de trop. Les clients défilent, en semaine des représentants et des commerciaux. Certains me regardent de plus près et me proposent un dîner, qu'il m'arrive d'accepter, une coucherie, que je ne refuse pas toujours. Se fâchent parce que les sanitaires sont défectueux, parce que l'air climatisé est bruyant, qu'il fait chaud, froid, sec, que le robinet fuit. Négocient pendant que je bâille. Toutes ces heures, je ne pense qu'au soir, et que sans doute, je n'irai pas danser. Tant de fatigue me bue les yeux. Me traîne la patte. Les pieds tout petits dans des escarpins trop hauts. Qu'assez, de grâce. Et chaque soir, d'y retourner quand même, battue. Pieds et poings. Échouée dans les milongas, je n'aurais jamais cru, jamais rêvé. À me demander comment j'ai pu en arriver. À me laisser dissoudre, dans la terre basculée. Comment nous en arrivons là, nous autres, qui ne connaissons plus rien et personne, le souffle coupé court, en train d'attendre notre tour. Entre deux séries de tangos, de brefs silences mal meublés. Lorsque nous sommes entre nous, parfois quelques paroles laborieuses sur la vie dehors, ou les dernières milongas en date. Aux femmes les fadeurs obligées. Aux nouveaux (nos petits sourires indulgents) toujours les mêmes réponses aux mêmes questions : depuis combien de temps, et avec qui, et où, et connaissons-nous tel ou tel, qui danse divinement. Alors toi aussi, un avant et un après (le tango du côté de l'après). Une vraie communion et deux tronçons de vie, dont la seconde censément plus glorieuse. Tous les soirs la même histoire : c'est à se demander ce que je faisais avant. Le tango est une revanche dont je ne peux plus me passer ; je me sens grandie d'autant que je fais tourner toutes les têtes. La vraie vie n'existe plus. Rien dehors, ici diosa, ils disent déesse. Je suis ce que j'aurais pu être. Moi qui ai les mains vides et les yeux plus grands que le cœur.

Près de moi cet homme-là qui dans ses cheveux partout dort encore ou fait semblant, pour ne pas avoir à me regarder, va voir ailleurs si j'y suis. Il sentira la plume moisie toute la journée, et moi ce soir, je rentrerai, de lui il restera le divan ouvert et le lit défait.

Peut-être un tiroir retourné aussi. (La crevure.) L'odeur de son tabac – des Gauloises light, mauviette – et les lèvres me piqueront. Une odeur de clope froide. Un peu de cendre déprimante. Du linge sale. Des poches vides. Plus un sou. Pire : à découvert le dix du mois. La fête est finie. Le vin est tiré : c'est de la vinasse, et il faut la boire.

C'est comme ça. Je le prends bien. Jamais une plainte, pas un mot plus haut que l'autre. Du vague à l'âme, rien de plus. J'ai des dérivatifs. Je me passe les nerfs, toutes les occasions sont bonnes : un soulier qui me fait trébucher, une couture qui craque, un verre brisé. Je casse. J'arrache. Je claque au sol. Le verre ou le bibelot, de rage, après que renversé par mégarde. Je pleure sur une tasse bousculée. Un collier éclaté. Un ourlet défait. Une ampoule grillée. Quant aux hommes, celui-ci par exemple : si peu, plus rien. J'ai vieilli, peut-être. Je ne compte plus les années. Quant aux jours. Je suis dans l'innombrable. Où étais-je. Où suis-je restée. Ai-je laissé ma peau. Si loin que je ne vois plus. Comment j'en suis arrivée là, et aux bras de qui. De qui et de combien. Je n'en meurs plus depuis longtemps. Je ne fais que passer. Je ne te retiens pas, et même, va voir ailleurs si. Je n'y suis pour personne.

Au moins claque la porte derrière toi. Je crie.

Personne. Une main sur la poignée glacée. Je tire pour fermer. Merde. Tu résistes, salope. Je crie comme une mouette. Si fort je la, claque que la peinture, craque, s'effrite. Un peu plus un peu moins.

Quant à lui ou un autre. Le cœur me serre, mais je ne sourcille pas, je ne dis rien. Un petit pincement, et encore. En moi quelque chose dort en paix. Pas pressée, non. Pas le feu.

Et pas maquillée, toute en cheveux, quand à l'arrache, j'arrive à l'Hôtel de la Croix de Malte. Le réceptionniste de nuit est déjà parti et plusieurs clients attendent. Je laisse tomber à leurs pieds mon trousseau de clefs, avec un fracas de ferraille, jetez les armes. Je ramasse, gauche, prête à m'étaler moi aussi. Pas fraîche non, à l'évidence. Pas tout à fait cuvé.

Encore un peu cuite. Bien sûr, la patronne descend à ce moment-là, de plus en plus bronzée à mesure que l'hiver avance, et moi 8 h 07, en pure perte et fracas, collante d'avoir couru, le regard un peu fixe, le visage défait, le teint fourbu, c'est mal parti. C'est à cette heure-ci, avec ça pas habillée ni maquillée, j'arrive, je crie en passant et je me précipite au vestiaire. Ça promet. Ce soir sans faute mettre à la porte le gêneur.

L'idée m'occupe toute la journée, je tue le temps assez gaiement. Le tout étant de rester ferme, j'aime à le croire. De remettre sur le tapis le passé, de provoquer une explication définitive, celle brutalement empêchée par son départ au printemps passé. Circonstance aggravante, en me pillant (argent, télé, pacotille). Une question de vie ou de mort : il m'expliquerait en temps voulu et me rendrait tout au décuple, me rendrait tant et plus, je serais riche enfin, et ce petit message qu'il m'avait laissé, et cette mi-voix, il me devait la vie, disait-il, avec des regards endimanchés, il n'est jamais revenu.

Tout en redoutant sa disparition, je compte bien retrouver l'intrus, affalé sur mon lit. Affaibli qui sait, espérons-le, sous influence. Vieille influence qui lui blanchit le sang, lui rince la tête. Pas de ça, je disais, pas de ça, que j'ai dit pendant tout un hiver, et quelques jours de printemps. Et lui que de mots, ma toute belle par-ci, ma princesse par-là, et d'accord d'accord, amen à tout, je suis chez toi qu'il disait. (Aux yeux curieux d'une femme que je croise dans la rue, je m'aperçois que mon regard est tordu.) Crie vengeance. Tous ces bobards, tant de conviction. Faux-jeton. Reste là, que je t'arrache les, que tes yeux docilement faux, je te les arrache. Jamais de protestation, non jamais, que ta petite moue et tes grands mots. Des mots immenses, comédien. Je te faisais répéter un rôle et tu y croyais. Tu as voulu tout ce que je voulais, je te sauvais disais-tu. J'étais si fière que je n'en mangeais plus, de la gueule du loup, je te sauvais. Tu arrêterais tout (pour faire vrai, tu ajoutais : peu à peu), plus de saletés, plus de drogues, tu proclamais à qui voulait l'entendre. Moi je me rengorgeais modestement. Je te mettais des vitamines dans une poche, des aspirines dans l'autre, car la migraine te terrassait. J'ai dû reprendre les aspirines, un jour que tu en avais avalé une demi-douzaine d'un seul coup arrosé. Cela te faisait la tête légère, disais-tu ingénu. Les aspirines, ça ne comptait pas vraiment d'accord – tu te privais tant – ni l'alcool à franchement parler, tu manquais de tout c'est vrai. Nous en étions là.

Le fauteuil ouvert en lit à longueur de journée. Et bien sûr le frigo vide, la vaisselle pas faite. De ce point de vue, nous flottions toujours entre l'avant de la faim et l'après du déchet. Nous profitions du carrelage de la cuisine pour danser sur place, c'est encore ce que nous faisions de mieux.

Nous dansions à peu près partout, esquissions çà et là quelques pivots, des séries de huits, des ochos – les quais du métro, le lino d'un hall, tout ce qui brille, tout ce qui luit, tout ce qui glisse tant soit peu. Tout nous allait, tout m'allait, j'avais le sourire en me levant.

Pendant ce temps, tu creusais des caches, sous la moquette scalpée. Elle adhère si peu au sol, cette vieille peau, qu'on l'enlèverait d'un coup, n'était par-dessous ce plancher fourbu, ensué, encroûté de glue jaune virant au noir. (Le moment pénible où la chair se détache des os). À plusieurs endroits, là où la moquette se soulève bien, tu grattais dans le bois, pourri jusqu'au cœur, composté, de tes ongles en deuil, t'aidant de ciseaux fourbis, de couverts convulsés, de mon ladyshave, tout ce qui te tombait sous la main, tu rabotais, menuisais, tu arrachais des gerbes, des bouquets d'échardes, jusque dans les doigts plantés, tu y prenais goût au fond, tu joignais à l'utile la joie de creuser. Tu y dissimulais des substances en traître, en trompe-l'œil, tu trompais ta faim, je n'y voyais que du feu, je buvais tes paroles, et toi tu avalais, bouleversé, ta salive et ta dose.

Ton addiction aux cigarettes t'a perdu, un soir que, pris des nerfs, ton paquet était vide. Tu as mis sens dessus dessous, de fond en comble, comme un voleur, le lit, le matelas, des fois que, qui sait, peut-être, la salle de bains où tu laissais tes mégots (tu fumes même sous la douche) sur le bord de la baignoire, près du savon, l'œil macabre et le cheveu à l'esbroufe. Tu t'es mis à creuser d'imaginaires terriers, des trous, des puits, les mains partout, égarées, fouillant mes vêtements, mes tiroirs, bas les pattes l'affreux, tu écorchais le plancher, tu visitais tes caches, et je suis entrée à ce moment-là, le pot aux roses, et toi démasqué qui me souriais timide.

Il est près de 19h, quand je rentre, clefs en main. Maquillée sans excès. Rabibochée. Les vêtements que je porte – jeans trendy, blouson en faux, bas douteux dans des chaussures fermées – sont destinés uniquement à faire le trajet entre l'hôtel (attifée de frusques mal coupées qu'il faut laisser au vestiaire) et chez moi (sauvagement déplumée). Toutes mes poches sont vides.

Je pousse la porte, d'un pied de guerre. Tout de suite je vois, je ne suis plus chez moi. Sur mon lit au beau milieu, son sac, un de ces grands sacs en fibre de plastique, toujours à carreaux, et que se traînent les clochards. Leur prix et leur légèreté expliquant. Un lit encore plus défait qu'au matin. Un cendrier plus plein que la veille. Un désordre plus bordélique. Pas le mien. Il sent la chair fraîche.

Inutile de chercher.

Je verrouille la porte, ce qui ne m'arrive jamais. D'un coup de pied bien senti, je fais rouler à terre le sac, je me jette sur le lit ainsi débarrassé, en fumant une cigarette quémandée sur le retour à un jeune homme (qui m'aurait bien passé le paquet – là un sourire suffisant). Je pense à lui, le temps de la finir. Puis je réfléchis à ce que je vais dire au sans-gêne. De quel pas je le remettrai à sa place. De quel bois je le chaufferai. Il verra.

S'il s'imagine. S'il espère. S'il pense que. (Je secoue la tête, je ricane fraîchement.) Comme c'est drôle. Pauvre chéri, tu ne seras pas déçu. Je vois les choses en grand. Je repense à une ou deux choses, mal digérées, un plat qui se vomit froid. Deux trois choses à te dire, tant que j'y pense, tant qu'on y est. Pas besoin de remonter loin, pas plus tard qu'avant-hier, mon ladyshave bousillé, le dernier, claqué entre tes pattes, réduit en miettes, mort entre tes gros doigts. Deux trois choses, de deux choses l'une, et d'abord, pour en revenir à l'hiver passé, par où commencer. L'hiver passé, tu te rappelles. (Je ricane cruellement.) Tes petits jeux, tes petits airs, tes petites histoires. Non mais tu penses, tu penses vraiment que je te croyais, que j'ai cru un mot un seul. D'ailleurs ton sac pue le vieux chien, t'entends, je te prie de. Je préfère te dire, et une bonne fois pour toutes. (Je fais semblant de chercher mes mots.) Pour rester en bon termes tu comprends (Je fais durer le plaisir.) Vu le passé donc, chargé, on peut dire ça, et vu que tu n'as pas changé, et que moi en revanche. J'ai grandi. (Là je marche autour du lit, très droite, je fume je fume je fume, j'écume.)

Je bute contre un corps d'homme, affalé le long du lit. Tombé peut-être. Il ne se réveille pas. J'ai envie de rire, on dirait qu'il est mort. Je lui parle : Ezequiel. Ezequiel, tu dors ? Un léger coup de pied dans les côtes. Pas de réaction. Je me baisse, je glisse une main sur sa joue, elle est tiède. Sur son front, à la naissance des cheveux, des restes de transpiration. Je continue : je t'avais dit que pas de ça. J'essaie de rester ferme, mais déjà, quelque chose en moi mollit. Peine perdue, tout est inutile. Je le tourne sur le dos comme un animal malade. Il a l'air de respirer normalement. Il sent la drogue et le malheur. Je prends le duvet du lit, je l'en couvre. Dors, je dis. Il dort sous l'aile d'oiseaux morts, combien d'oiseaux, combien d'air ont-ils brassé et quels ciels, les ciels bleus, gris, orange, qu'on ne voit pas d'ici, la lumière entre à peine, les feuillages verts minéraux gorgés d'eau et de lumière, le vent qui passe. L'ossature des oiseaux ne pèse rien, je soulève la main gauche d'Ezequiel, pour la poser sur son ventre.

J'ouvre la fenêtre pour qu'il ait de l'air, cette chaleur nous fera mourir – le froid entre d'un coup. Je débloque l'inutile verrou. Depuis le lit, où je fume en grelottant (restent quatre dans le paquet), je surveille le sommeil anormal d'Ezequiel. Son visage est tourné vers moi, aux trois quarts, éclairé par la lampe de chevet. Il est 20 h 37, je ne pleure pas. Je réfléchis à ce que je mettrai. Ce soir grand jeu, paillettes et cotillon. Le cendrier déborde. Ezequiel dort. L'air froid ne le réveille pas et me dresse la peau.

(Je n'ai pas peur, je n'ai pas peur, je ne respire plus.) Je me maquille beaucoup. Sur le lavabo, crasse, crayons, flacons. Quelques cheveux, que j'écarte dégoûtée. Un verre de mauvais vin : je fais toujours les lèvres en dernier.

Avant de sortir, je glisse un oreiller sous la tête du dormeur. Les joues tièdes, des traces salées aux tempes. Il ouvre les yeux d'un coup et les referme aussitôt. Ma main sur sa joue. Ezequiel, Ezequiel tu dors ? je murmure. À voir les mouvement de ses paupières, il rêve, doit forcément rêver. À côté de lui, je pose un verre d'eau claire. Bois quand tu te réveilleras, je dis, ça te fera du bien. Espèce de. Je ferme la porte très doucement.

LE GANCHO OU LE COUP DE FOUET

2 h 35, Je reviens chez moi. Le cœur serré, je ne sais pas à quoi m'attendre en poussant la porte. Cette peur de le retrouver froid. Ou parti, reparti, oh ne pars pas.

2 h 37, Rien de neuf. La chambre très enfumée, tout l'oxygène bouffé, et Ezequiel avachi, l'air éventré, la main dégringolée le long du lit, il a l'œil rond et sot d'une perdrix, cet œil gallinacé qu'il prend alors. Dans le dos un coussin : le mien. Il ne me voit pas entrer, perdu qu'il est, emmuré vif. Ma voix ne le touche pas, ma main ne lui dit rien. Son sac pas bougé dégorge un peu plus que ce matin chiffes et loques. C'est sa manière à lui de s'installer. Souverainement et sans se faire prier. Étalant avec largesse sa crasse et sa carcasse. Son absence mentale m'irrite presque plus que sa présence. Encore là, je dis, je gueule. Il émerge mal, me prend la main, que je suis jolie, sa tête dodeline un peu, ses yeux se ferment et s'ouvrent, il fait le papillon, se posent où ils peuvent, un rien les aveugle, pas vu le jour depuis trente-six chandelles, personne ne se souvient plus. Lui dans sa tour d'ivoire, moi dans son

désordre. Assiégée par sa fumée et les pieds dans son linge sale.

Alors, lâcheur, alors, menteur, alors, gêneur, c'est à cette heure-ci, alors, que. Je hoquette de soulagement et de colère. Alors quoi, il dit. Tu aurais pu me laisser une clope. Il ajoute : Je te reconnais bien là. Il ose. J'explose. Tu oses. Dégage. Tu prends tes petites affaires, et fini. Je suis plantée sur mes pieds et vu la suffocation. Je vibre. Il se lève, s'approche, chancelle. Je frappe les poings contre sa poitrine. Mais quelque chose en moi perd courage, pas là, loin de cet homme que j'effleure à peine, de mes poings mous. Il laisse faire. Tu as les poings, il dit, comme des feuilles mortes qui tombent. Excuse-moi, il dit. Je ne voulais pas. Il me prend dans ses bras : je viens de me réveiller, je ne sais pas ce que je dis. Mal au crâne. Il part vomir à la salle de bains. Je regarde le cendrier, il a étripé tous les mégots pour s'en rouler une. Il a vidé la bouteille de vin. Le verre d'eau que j'avais posé près de lui est renversé.

Mais le soir, quand je reviens du boulot, Ezequiel, bon pied bon œil, sourit très frais et d'un air amoureux. Je laisse tomber mes chaussures de danse. Sur mon lit, un grand bouquet de roses rouges. Et aussi un parapluie qui déferle, un sac plastique blanc, genre électroménager. Toute honte bue, l'intrus déclare qu'il prendra chez moi ses quartiers d'hiver. Mon sang fait un tour, un seul : c'est non, plutôt mourir. Tu m'as comprise (je bégaie d'indignation). Lui transi, qu'au moins provisoirement, qu'il ne sait où aller, qu'il saura se tenir, se tiendra. Il baisse la tête, les bras, quel cirque, je faiblis déjà.

C'est la décharge publique ici ou quoi. Du pied, je repousse à terre le sac blanc (bruit de plastique froissé), les roses cul par-dessus tête, le parapluie et son eau qui coule toujours. Sur un costume ruiné, Ezequiel porte comme d'habitude ses boutons de manchette en or. Pour ne pas les égarer. « Trois jours, je te donne trois jours montre en main, pas une minute de plus. »

C'est alors que sur la table du salon, je vois la caméra d'Alexis de Saint-Ours. « Et ça, c'est quoi » (je demande, ma voix aiguisée me fait penser à celle de Lou) « Alexis est venu ici ? » L'autre : « non c'est moi qui reviens de chez lui. »

Pour sa pièce de théâtre, Ezequiel avait besoin d'une caméra, et ne trouvant bien sûr personne sur les lieux, et Alexis injoignable, il était entré, comme cela lui arrivait parfois, à l'anglaise, par la fenêtre qui fermait mal. (C'est un ami, tu comprends.) Il avait pris le sac et un parapluie, car il pleuvait. « Mais il va te tuer », je dis. « Je lui ai laissé un mot et ton adresse, tu sais, c'est juste pour un jour ou deux. Et puis c'est un artiste, et entre artistes. Tu comprends. D'ailleurs, quelle tanière, jamais vu ça. Et Lou, ses robes qui sont entassées près de la porte, ses chaussures, une demi-douzaine. » (Lou nu-pieds, petite finalement, sans talons.)

Tu lui as laissé mon adresse, je dis, non sans intérêt.

Le sac plastique avait contenu la caméra qu'Ezequiel tenait maintenant à la main. Je le vide sur mon lit : des chaussures de danse et une poignée de soie amochée.

Comme pour réfléchir (mais en moi rien ne bouge), je fume couchée, une main sous la nuque. Le cendrier en équilibre sur le bras du sofa étalé de tout son long.

« Cigarette ? » Je ne dis pas non. J'entends craquer le paquet à côté de moi. Les yeux fermés. Puis, côté Ezequiel, du bruit.

« Mais je rêve, qu'est-ce que tu fais encore ? » Il fait l'enfant, en train de jouer avec la caméra d'Alexis, qui le tuerait, pas de doute. « J'ai envie de l'essayer », finit-il par lâcher. « C'est comme moi, je dis. J'essayerais bien les chaussures de Lou. » Je me redresse à peine (la loi du moindre effort) et j'allonge le bras. La gauche la première me tombe sous la main. Le talon est maigrelet, comme la voix mal ajustée de Lou (je l'entends d'ici). Une chaussure de croco, abîmée comme de juste à l'intérieur du pied, là où la gauche et la droite se frôlent à chaque pas, où dans les moments de violence l'une ou l'autre raclent le sol. Des écailles tombées, des plaques mortes au milieu du verdâtre laqué, un animal empaillé au milieu d'un zoo. Lou immobile éperdue dans la cage aux fauves. Je m'égare là. Hors d'haleine. La chaussure est trop petite pour moi, et comme mon pied gauche taille une demi-pointure de plus que le droit, le monde est mal fait, c'est une affaire perdue, oublions ça.

« Dégage. Je suis pas d'humeur là », puis « Je suis chez moi, oui ou merde » je dis à Ezequiel, qui me filme et s'arrête longuement sur mon pied mal chaussé, mon pied racorni, le cuir sec de mon pied et le croco rance. Grandi trop et débordant de partout, le talon chevauchant et les orteils débridés. Encore un peu et le croco craque, ouvre grand sa gueule en fente. « Arrête ça, je te dis. » De toutes mes forces, j'envoie la chaussure gauche dans les jambes d'Ezequiel.

Et pas touche.

Pas un geste, ou je.

Il me semble que je vais crier.

Ézequiel ricane. Je vais nous filmer, il dit, l'air content, il pose la caméra allumée sur la table et me lève à grand renfort de bras, il pense me faire plaisir, moi contre cœur plaquée, lourde exprès, nue sans mes talons, nue debout. Je n'aime mon corps qu'habillé. Ma nudité m'est depuis toujours insupportable, en particulier quand je me tiens debout. (Couché, mon corps se fond dans la terre.) La caméra tourne. Non, je dis. Non. Non. Et joignant le geste, je me débats et m'alourdis si bien que je me retrouve à même le sol, recroquevillée, hors du champ de vision.

Laisse-moi m'habiller. Et j'enfile une robe de soie noire. Je me recoiffe en prenant des airs pas possibles. Pendant ce temps, Ezequiel chante, pas trop mal, Jamàs retornaràs, sans comprendre rien, écorchant les sons.

Il me porte, il danse pour deux. Fait l'œil doux, heureux de dormir au chaud ce soir. La caméra tourne toujours. Me crispe. Tu vois bien que ça ne va pas, je rage. On a l'air de quoi. Cette moquette me tord les chevilles. Laisse-moi. Et je me débarrasse, je le repousse, me recouche tout habillée en faisant mine, je ferme les yeux.

« Regarde ça, plutôt », dit-il, c'est son côté volatile, de passer de but en blanc, pour lui rien ne dure. Il s'assied sur le bord du lit et me met devant les yeux la caméra. Un des mariages que filme Alexis pour joindre les bouts, le cortège sort de l'église, gros plan sur la mariée emplâtrée, c'est affreux. Sans intérêt.

Ezequiel ouvre un autre document, cette fois c'est Lou, qui s'est habillée pour sortir, elle rit de voir la caméra braquée entre elle et Alexis, piaille, arrête ça, je ne suis pas prête, mes cheveux pas faits – tu es magnifique (sa voix à lui). Ezequiel dépoitraillé, toute sa viande à l'étal, comme s'il regardait du porno, allonge la main, il se croit où.

Midi le lendemain, j'attends sournoisement son départ (une course dit-il) pour prendre la caméra qu'Alexis a tant de fois tenue. Couverte de ses empreintes. Remplie de ses yeux. Dans la mémoire une trentaine d'objets. Pas de titres. Les deux derniers en date me concernent, ce sont les prises d'Ezequiel. Pour me calmer je les regarde : moi déversée, tout mon long gisant dans le vieux duvet, la jupe jusqu'au ventre, les jambes jusqu'au rouge de mes dessous, un pied saurien mal ficelé. Quelques plumes sortant de la trame. (Nerveusement je les arrache l'une après l'autre, brunes, agglutinées, comme on plumerait une volaille teigneuse.) Puis ma voix qui fait mal et va trop vite, Ezequiel que je regarde sans ciller, dans l'œil de la caméra. L'image part. Je me fige.

L'autre prise, nous dansons, moi nue, mais l'image mal cadrée me dissimule, on dirait une autre, je respire, je regarde jusqu'au bout. En morceaux je suis belle, un bras, un bout d'épaule et les jambes coupées, le cou sectionné.

Au petit bonheur je sélectionne un autre document, mon cœur se débat.

Les enregistrements ont tous été pris entre octobre et la première semaine de janvier. On y voit Lou. Parfois rien que du noir et sa respiration qu'on croit entendre. Parfois ses yeux fermés ou un mouvement de ses mains, de ses lèvres ouvertes sur des mots qui ne viennent pas.

Des cris. Sans image, juste la voix, difforme, dégorgée, cassée jusqu'à la corde, une femme, peut-être Lou.

Dans le noir, un cri la vide, l'éventre, lui coupe le sifflet.

Au bout de trois documents, un coup de glotte qui m'étonne. Je pique un fard. Je clique çà et là sans rien regarder jusqu'au bout, je m'arrête, coupable, prise sur le fait.

Ça ne fait que commencer.

La dernière image laisse voir un mur extérieur jaune pâle et fêlé, ouvert jusqu'au cœur, et dans la fêlure duquel poussent d'immondes herbes, mais surtout un petit arbre qui tend ses doigts squelettiques vers le ciel.

Je ferme la porte d'entrée et je tire le verrou.

La caméra en main, j'ai la tremblote, je me fais des idées. Ezequiel a laissé, dit-il, mon adresse chez Alexis. (À la réflexion,) j'ouvre le verrou. Je tourne le convertible de façon que couchée ou assise, je sois face à la porte. Je n'aime pas la sentir dans mon dos, cette salope, ses battants, ses gonds qui craquent, qui s'ouvrent sur une cage étroite, en travaux éternels, s'étrangle comme un conduit, jusqu'au plein noir.

Bien consciente pourtant qu'il faudrait porter cette caméra à qui de droit. La police. La tante. Mais je n'arrive pas à me lever. Claquée sur le bord du lit, le cœur à rompre. Clouée. Rien ne bouge. Je ne sors de là, que pour m'allumer une clope. Bon sang. Bonsoir. La clope tremble entre mes doigts. Mes idées ne se remettent pas en place, non. Alexis de Saint-Ours sans doute planqué, en fuite. Où. Quant au corps de Lou.

Et Ezequiel qui ne revient pas. Je me lève brusquement. Je me rassieds. Je me frotte les yeux. Reste-t-il, pour m'ajuster, reste rien, boîte à pharmacie vide. J'ai le cœur foutu, je pense me lever puis je me ravise.

Je me recroqueville dans le lit et j'attends que ça se tasse. Je ne vois pas le temps passer.

ALEXIS DE SAINT-OURS

La violence que Lou dirigeait naturellement contre elle-même s'est exacerbée au contact d'Alexis. Mais c'est lui qui, trompeusement réservé, a fini par perdre son sang-froid.

Alexis de Saint-Ours est venu pour la première fois en juillet, pendant la morte saison. Grande histoire de la soirée : du neuf, un regard vif au milieu de tous ces regards nécrosés – car une consanguinité déprimante règne ici et une odeur de vieux couple. Quoique manquant de pratique, Saint-Ours était bon danseur. L'œil un peu au rabais, les épaules vécues, mais pas foutu encore, comme dit Lou, on en fera quelque chose.

Il avait ce côté tué de la route. Mort du tabac, toujours à deux doigts, la clope au bec. Un nez mal remis, datant de ses années de rugby. Une incisive ébréchée qui lui prenait tout son sourire, et dont j'ai pensé d'abord, trop c'est trop. Et puis quoi encore. Des marques pour la plupart indéfinissables m'intéressaient vivement. Sur le dos de la main droite, des rayures blanches et parallèles et l'impossibilité de bouger le médius, l'annulaire et l'auriculaire. C'est la raison pour laquelle il tenait sa cigarette d'une manière si particulière, entre l'index et le pouce, et la paume de la main trois quarts vers vous.

C'est quelqu'un que le calme inquiétait, que seul contenait le danger. Il avait été photographe de guerre. Dernière mission en Sierra Leone pendant la guerre civile. Rapatriement en France. Là-dessus, près d'un an d'hôpital. C'est tout ce que nous savons. La gueule cassée et le regard humilié, mais des accès de grandeur, j'aime à le croire. Quand il se perdait dans ses pensées, sa mâchoire inférieure faisait un léger mouvement, il semblait grincer des dents. Il parlait souvent de partir et partir lui était devenu impossible, comme de bouger le médius l'annulaire l'auriculaire. La paume de la main vers vous, pour vous arrêter là.

Dans le tango, le temps s'accompagne de la dégradation des êtres et des choses. Jeunesse volée, grâce battue en brèche, anciennes gloires, quartiers disparus. À présent fonctionnaire dans une petite administration, Saint-Ours s'efforçait en rentrant chez lui de monter son film. Il en parlait beaucoup et je faisais semblant de m'y intéresser, tout en ne pensant qu'à lui et en fixant son visage comme pour le reconnaître. Pouce index poignet révulsé, tenant sa cigarette à l'envers. Depuis le temps qu'il en parlait, ce film ferait date. Qu'en disait-il déjà, ça m'échappe, tout était dans la manière.

Il arrivait au Latina quand il ne restait en piste que les derniers couples, la cravate défaite, sur l'épaule une veste qu'il jetait, la première chaise venue la bonne, et que suivait de près un chapeau de feutre. Il ressemblait à un acteur. Parfois sa caméra en bandoulière, il y veillait comme à la prunelle, ne dansait pas ces soirs-là. Quoique déjà éméché, il commandait tout de suite un alcool sucré, quelque abominable sirop. Il avait un faible pour les alcools de femme. Il dansait rarement, accoudé au bar et le dos dans nos visages. Il y a au tango des hommes qui passent comme ça toutes leurs soirées et ne dansent jamais. Des femmes qui attendent des heures, assises immobiles, et que personne ne voit.

Cet homme n'avait rien pour me plaire. Je me le répétais souvent en regardant sa dent foutue, un peu bleue, un peu ciel. Il était marié avec une « chacha », du Renouveau charismatique, une intégriste très allumée qui l'avait soigné pendant son année d'hôpital. Elle passait, semblait-il, sa vie entre les morgues et les goûters paroissiaux de pseudo-charité. Elle lui avait rendu visite d'abord toutes les semaines et très vite tous les jours et ainsi de suite lui avait mis le grappin. Parfois elle avait, disait-il, des élans spirituels, un jour elle avait devant lui embrassé un clochard, pleurait de joie sans raison et n'avait pas tardé à sombrer dans l'anorexie. Plus ça allait, plus les visions lui venaient. Il n'en restait plus que le blond de ses cheveux et le blanc de ses yeux. Loin devant, les yeux.

À mesure qu'elle perdait du poids jusqu'au vertige, ce qui lui restait de corps pesait de plus en plus, devenait de plus en plus dense et douloureux, du cou au ventre, à la peau qui s'écorche aux draps rugueux. À son tour pendant des mois, le bras perfusé et s'arrachant l'aiguille dès qu'elle pouvait. On lui avait interdit les bougies qu'elle avait fait apporter par Alexis, craignant avec raison qu'elle ne purifie par le feu. Il n'en sortait plus un mot sensé, un pied hors du lit, l'autre dans la tombe. Depuis qu'elle s'en est tirée de justesse, reconnaissance éternelle, elle se consacre à récolter des bouts de chandelles pour des œuvres pies, ce qui la mène un peu partout en Europe dans des clubs de vieilles filles. Je l'ai vue une seule fois, chez Anne-Marie Von : beaux traits mais la peau un peu jaune et étrangement vieillie, elle m'a paru d'un embonpoint qui sans être disgracieux m'a causé, je ne sais pourquoi, une sorte de répulsion. Elle était d'un calme. Le genre de calme qui me met hors de moi.

Un ange, disait Alexis à qui sa vie domestique pesait. Il s'est mis à sortir tous les soirs. C'est Anne-Marie Von qui l'a mené là : son goût pour les bonnes œuvres lui avait permis de connaître la femme de Saint-Ours et ensuite lui-même. Madame était en mission : qu'il vienne donc se distraire un peu, en tout bien tout honneur. Elle lui présenterait des gens très convenables, elle osa dire pieux.

Lou et moi avons immédiatement fait sa connaissance. Nous le couvions des yeux. Nous fumions toutes deux à gorge déployée (une tactique : pas d'invitations à redouter), tout en le regardant, nous nous enfumions l'une l'autre, avec un rire idiot très jeune et le petit doigt en l'air. Nous moquant à l'aise, et fixant effrontément Alexis, qui mettait un point d'honneur à ignorer notre sottise avinée. Nous l'avions aimé d'emblée pour son élégance, nous le méprisions pour sa timidité. À deux, nous nous sentions tous les courages. Lou remettait en bon ordre son panty ventre plat, remontait ses bas résiliés. Les dents noircies de vin rouge et son visage fin et ras gâché par la mauvaise lumière, elle coulait un regard cru à celui qui deviendrait son amant, qui la faisait rire de loin, et la troublait de près. C'est moi qui riais le plus fort, je savais déjà que je ne rirais pas la dernière. J'étais si acharnée contre Alexis de Saint-Ours que Lou s'en étonnait et fronçait les sourcils. Elle seule avait le droit de se moquer.

J'ai pourtant eu, moi aussi, mon quart d'heure. Il est passé très vite. Une fois que Lou n'y était pas, au Cabaret sauvage, dans un des replis noirs de l'endroit, beaucoup d'étrangers, lui pas très clair, moi un peu sombre, va savoir. Il m'a tout de suite parlé de sa femme. Par acquit de conscience, ai-je déduit – c'est bon signe. Sa loyauté faisait de la peine – il en était encore là, ça n'a pas duré. Tout un soir, nous avons parlé de ça, de choses et d'autres. Un peu arrosés. Un peu poudrés aussi. La drogue était une mauvaise habitude qu'il avait prise à son retour d'Afrique, disait-il. Et vu les effets, mon cœur influencé fonctionnant à merveille, battant comme s'il avait fait ça toute sa vie mon cœur, mon palais anesthésié et pas de main morte, ce sale petit goût de médicament broyé au fond de la gorge, vu tout ça. Nous avons joué à nous plaire, lui à faire semblant de s'approcher, moi de reculer. Nous dansions entre deux sorties clandestines, tout le monde dansait et nous nous abritions, dehors dans les ombres, dans les herbes, au ras des murs.

Une tanda quand sur la piste il ne restait plus que nous. Tous deux bruyamment déméchés. Il avançait et moi je reculais. Moi partout dans ses bras, mes joues fondues, mes cils fermés dans ses cheveux, les pieds terrestres, faux pas en nombre et désaxée, *Flores del alma* je me rappelle, *la mañana que partì*, et déjà plus là, le reste m'échappe. Je me sentais sourire, immense. *(Si quieres olvidarme dejame / Dijiste la mañana que partì.)* Il me semble que du bout des lèvres je chantonnais.

Pendant toute une semaine, ce clin d'œil chaque fois qu'il me voyait. Une sorte de sourire pour moi seule, comme si partout nous étions lui et moi. Quelque chose de fragile, de tout mince, qui m'allait jusqu'aux os. Il m'a invitée, cette semaine-là, à chaque bal. Mais ce qui chez lui me touchait, son corps contre le mien, m'a très vite écrasée, puis paralysée. Quelque chose de physique. Un raidissement, une entrave, un empêchement. Je dansais à peine, je ne dansais plus, j'étais petite, je chantais dans ses bras, je chantais faux. C'est alors que je me suis mise à l'éviter, pourquoi, de gré ou de force. Tout en moi sèche sur pied quand il est là, mon cœur bat comme plâtre, si bien que je fais semblant de rien, de ne pas le voir ou à peine, poliment. Je ferme les yeux pour qu'il disparaisse. Quand il est là, tout en moi mollit, je souris désossée, j'aspire un début de sanglot, quand il me regarde j'ai mal partout, en moi tout lui tourne le dos.

Mieux encore, j'en ris jusqu'au sang. En traître j'ai lâché le morceau à Lou, salope, avoué avec un feint détachement la soirée au Cabaret, sans aucun doute pour la rendre jalouse. Elle a tout abîmé de son énorme rire détraqué et du mien, il n'en reste plus rien, pas une miette à se mettre sous la dent l'hiver. Me voilà bien, à sec, en froid, ça m'aurait fait pourtant, pour mes vieux jours, un beau souvenir, une belle jambe. Encore une occasion manquée.

J'ai lâché à Lou ce qui n'était qu'à lui : son passé, les grands regards dont soi-disant il me dévorait, vu l'abstinence que je déduisais, crapuleuse, il se croit beau, se croit fier, regarde-moi ça, cette dégaine, ce regard qui fout le camp, cette dent qui gâte tout son visage, des jacasseries perçantes de bonne femme, comment ai-je pu, je n'en croyais pas un mot, quelque chose en moi me veut du mal.

Depuis, je suis incapable de danser avec Alexis. À peine me touche-t-il que ma main gauche, la céleste, se crispe. La terrestre se raidit, les doigts un peu en arrière et seul le haut de la paume posé dans son dos. Une petite douleur pointe dans mon épaule, la douleur du bras de fer, du coup qui ne part pas. Très vite une crampe. Je perds mon axe. Les jambes et les pieds d'Alexis cognent les miens, comme si je n'allongeais pas, que je reculais mal. Je peine à garder le rythme. Nos deux corps sont décalés. Le mien cale, barré, ne suit plus, trébuche ses pas, mange ses gestes. Je danse seule.

Sa proximité physique me cause le même effet, sa simple présence, de l'autre côté de la salle. Aucun cavalier ne parvient plus à me faire danser lorsque je passe devant lui, ou même loin de lui, il suffit que j'imagine son regard. Faux pas, déséquilibre, talons instables. Ezequiel grognant : qui t'a fait danser aujourd'hui, tu es toute désaxée, tu danses seule. Le cercle magique dans lequel j'ai appris à me mouvoir se défait. Je redeviens moi-même, ce que j'ai été, une femme aux gestes pris, au corps sans grâce.

Fatiguée de tenir debout, à l'Hôtel de la Croix de Malte. Personne et pas une chaise où se poser. Dans ma vie, que de touristes. J'aurais tant aimé pouvoir, à plaisir, ressasser cette soirée. Alexis doit ne rien comprendre, à me voir si froide et la voix si maigre, si dénervée. Tant pis.

D'ailleurs il ne me sourit plus, ni lui ni rien. Depuis des mois ne sourit plus. J'ose à peine imaginer. Rien à faire, le mal est irréparable, inutile de me démener, c'est toujours ça de pris, je n'ai plus rien à perdre.

OUVERTURE DES HOSTILITÉS

Quinze jours après le soir au Cabaret sauvage, Alexis est devenu étrange. Compassé, lorsqu'il était avec nous. Je pensais qu'il m'en voulait. Je rêvais niaise que c'était le trouble. Je ne croyais pas si bien rêver. J'en ai mis, du temps à comprendre. Lou m'a éclairée, avec une sorte de sourire : Alexis de Saint-Ours lui faisait la cour. J'ai accusé le coup. Je suis tombée dans les bras du premier cavalier venu et j'ai dansé faux, tout le temps qu'il a fallu. J'avais le visage caché dans une épaule quelconque. Ça ne passait pas.

Alexis de Saint-Ours ne semblait pas pressé de conclure. Il évitait le regard de Lou, distrait et intenable. Il se sentait incapable de la regarder sans la dévisager : il ne la regardait pas. Il la saluait en arrivant, et revenait la saluer lorsqu'elle s'apprêtait à partir – parfois me faisait signe au passage. Il offrait de la raccompagner, avec tant de respect que Lou refusait toujours, elle avait alors son foutu petit sourire. Moi dans le ventre comme un papillon agressif, qui virait en crampe. Puis ils disparaissaient, Alexis entre les danseurs et Lou dans son grand manteau noir. Ce manteau, dont les manches étaient longues, et qui cachait aux regards jusqu'à ses chevilles, était fort difficile à extirper de l'armoire trop petite où se serraient les vêtements de tous les danseurs. Il était de laine vierge et épaisse, très élégant, les manches à la traîne en rajoutaient encore.

De ce manteau qu'elle portait toujours, Lou ne pouvait se passer, habillée, quoique sans vulgarité, moins que légèrement. Dans son état immobile, tout allait pour le mieux. Mais chaque mouvement en disait trop : bâillait, ouvrait, baissait, rien ne tenait, qu'à un fil se défilant. En vêtements et en hommes, nous n'aimons que la légèreté. La soie, la dentelle, les grands gestes sans lendemain, et pas un mot de vrai dans tout ça. Rien que de la peau, du vide, et toujours à danser sur la pointe des pieds. Tout en eau, en humeurs, évaporées. Décolletées jusqu'à la rate, et mal au ventre, Lou les épaules et les jambes si nues qu'on regardait couler le sang dans ses veines. Toujours à remonter une bretelle de soie qui glisse, à bas, à mort. Le cou très long et les premières vertèbres découvertes, délicieusement en relief. Les omoplates visibles, le dos se creusant à mesure que plus bas, et sous la main, se dérobant. Le mouvement très délié de son cou, lorsqu'elle tournait la tête, haute et le menton enlevé. Parfois le bruissement de son collier à ras, en laisse, tenue de fort près, ruissellement de métal et de verre et galets entrechoqués.

À la fin de chaque soirée, j'étais témoin du petit manège. Alexis proposait à Lou de la raccompagner, au moins jusqu'au taxi, par les temps qui couraient. Pas un mot plus haut que l'autre, pas un geste déplacé, mais de la poudre plein les yeux. Invariablement, Lou refusait de la voix. Assise et triturant les lanières navrantes de ses chaussures de ville, qu'elle tenait sur les genoux, elle le regardait se détourner.

Elle le regardait de dos, et sa main fausse et clairette froissait sa jupe par-dessus son genou, à moins qu'elle ne relève comme à regret son décolleté bâillant toujours sur ses dessous. Son étrangeté me ravissait. Elle avait l'amour du gaspillage, le don de tout gâcher, il m'émouvait. Refusait ce qui lui plaisait, mais sans se réserver. Se bradait au tout-venant, aux hommes qui passaient et qu'elle prenait au tango ou ailleurs. Rafa, un latin qui la dévorait d'un œil tout cuit, lui mettait régulièrement la main sur l'épaule en fin de soirée, ou la regardait d'un certain air et elle acceptait de suite, avec des yeux entendus. Sortait, enveloppée de son manteau trop grand, dont les manches lui cachaient entièrement les mains, le cou et les attaches, suivie de près par cet homme. Le lendemain, elle le saluerait en l'embrassant sur les joues. Il lui arriverait de le refuser, lorsqu'il l'inviterait à danser.

Je savais tout, car cette vicieuse se faisait souffrir en me racontant ses aventures, en feignant l'insouciance, la voix graveleuse et l'œil échaudé, il lui en faut toujours plus, elle ne s'arrête jamais en si bon chemin. Elle aurait bien voulu, crânait-elle, Alexis une nuit ou deux. Pas plus. Ce caprice lui donnait envie de fumer. Elle dépiautait son paquet de Marlboro light à la menthe, comme si elle plumait, effeuillait une fleur, ne finissait ses cigarettes qu'à demi, d'une main molle les éteignait mal. Passionnément à la folie pas du tout un peu. Rien qu'un peu.

Haïssable pour sa suffisance et sa douleur facile ; je me mordais la lèvre, gorge profonde, l'eau m'en venait. Elle paierait ça. Lou de tout temps imbibée de sang et d'alcool, parlant trop vite, une si petite bouche et tant de mots. Paierait, payait déjà. Je la regardais sourire, le rouge et le noir incrustés à ses dents gommaient son émail et ses lèvres, amincies par la lie sombre du vin, bouffées crues par le tanin, son rire tourné, les dents trop grandes. Ses yeux évasifs. Sa peau piquée d'un fard. J'écoutais sa voix graveleuse, et ses mots, qu'elle oubliait au fur et à mesure, oubliait avant de les dire, sur le bout de la langue. Silences obscènes. Dans les grands moments, sa chair à bras le corps, qu'elle vous jetait, vous coulait au cou, comme un nœud de corde. Ce rire qu'elle vous balançait à la face, qu'elle vous claquait aux dents.

Avec elle c'était moins de la jalousie qu'une attirance par personne interposée. Qu'elle plaise à Alexis me la rendait troublante. Je lui ai pris quelques-uns de ses gestes, la manière de tenir son verre, les doigts quasi tendus. Je ne la touchais jamais.

Pendant des mois, Alexis et elle se sont à peine adressé la parole, et toujours sur son initiative à elle. Tous les deux se tenaient alors à distance respectueuse, une cigarette imprécise devant eux et, jusqu'aux dents, la braquaient, comme une fleur qui part en poudre, à leurs pieds incinérée, une pincée de cendres, un peu de poussière mordue.

Pour ce que j'en voyais, ils se parlaient d'abord d'un peu loin, et Lou se rapprochait insensiblement, comme pour ne pas s'effrayer en si bon chemin, avec des mots auxquels elle ne pense pas ni lui, si déjà ils pensaient à quelque chose, à quelquefois tirer sur leurs cigarettes qui s'évaporaient malgré eux. Il avait l'air de chercher des excuses. Elle, d'une main par-dessus la soie, remontait son bas censément descendu. De ses doigts qu'elle emmêlait franchement dans sa robe et ses gestes si près de, que j'en étais gênée. J'aurais volontiers détourné les yeux, mais je m'en gardais bien. Ni de ses regards distraits, ni de son visage roussi, ni du sang qui la bouleversait, il ne s'apercevait de rien.

Elle meublait de gestes inutiles les nombreux silences. Portait à ses cheveux sa main striée d'une égratignure suspecte sur tout le dos. Ou pensive considérait la soie de sa jupe frôlant Alexis. Ou le regardait trop fixement, avec du vilain dans ses yeux jaunes, provoquait à vide. Mais en elle quelque chose tremblait. Tout tenu. À ses mains et ses paupières je le voyais.

Ils dansaient. C'était malaisé. Quelques ratés. Leurs visages tendus.

Tout était dit, rien de fait.

Elle revenait s'asseoir près de moi, piquée : décidément il ne me fait rien, ni chaud ni froid, pas un geste, le petit doigt, rien, à peine s'il me regarde. Me sape le moral. Elle ajoute, jamais vu ça, d'où sort-il, d'abord. Il me mine, avec ses yeux, pas vu pas pris, ses yeux pas là, où je voudrais. Je clignerais de l'œil, je lui ferais du pied, pied nu sous le cuir, où je voudrais bien, bas baissés, robe bâillant, rien. Un jour on dansait, qu'un de mes bas m'est glissé au genou, je l'ai fait exprès, j'ai dû m'arrêter pour le relever, mes yeux comme une gifle. Les siens imperturbables, en pleine face, et je n'existerais pas, ni mon pied lui, longeant la jambe, ni mon visage rougi, ma bouche en gouffre, et de sa main il, toucherait de sa main, au creux de la mienne, toucherait que tout mon sang, monterait, cramant ma peau mon visage, comme, du sang, dans du lait entier, dans mon décolleté, très cru, bleu, éclaboussée de son rire, de lait concentré ensangloté.

(Lou adorait le lait concentré, elle en absorbait à même le tube, me confiait-elle. S'en faisait des repas, qu'elle prenait en douce dans la salle d'eau, loin des yeux de sa tante. La sournoise en cachait dans un tiroir entre ses dessous. Elle se rappelait riant le désastre d'un bouchon mal refermé qui avait poissé tous ses soutiens-gorge, ses slips, et comment la gaze avait viré à l'opaque, la dentelle à la pâte, comme du coton dans de la colle sucrée, le noir au blanchâtre, elle s'en mettait partout, au moindre geste, de ses mains âcres qu'elle portait à la bouche, pour se rincer les doigts, l'œil, à son visage, débordée, souillée, la face de toutes parts, débordante de l'infâme glue, les pattes prises, chacun de ses doigts et la bouche pleine, disait-elle).

La bouche pleine de fumée et les doigts jaunes de tabac, elle disait : de sa main qui monterait, de sa main soignée mais note bien pas si fine, pas si aristo que ça, un peu noueuse, nerveuse j'ose espérer, montante, et sur ma nuque, là où je suis folle, où je crie, tu vois, le petit relief que font mes vertèbres à mon cou, là tout juste, rien que d'y penser – là, un silence – j'en pleure, je laisse tomber, rien à faire, pas de chance, une prochaine fois peut-être.

Elle soupirait, se consolait : Pas possible pourtant, qu'avec elle, vieille peau, il aime.

Et là-dessus, une rasade, au large, une pleine lampée de vin vénéneux.

Il y avait plus que le lait concentré, sa couleur beige et empâtée, plus que les tubes d'alu, dont elle plissait le bout au maximum (le contenu gicle mieux, la moindre pression fait l'affaire). Il y avait tout ce qui grise et soulève le cœur. Lou pas regardante. Tout lui allait. À ravir même l'éther dans lequel des fois elle trempait ses cigarettes, souvenir de collège, qu'elle disait. C'était une nature nostalgique. L'alcool tout simplement. Tous les alcools. Elle avait du cœur au ventre, vraiment. De l'acier trempé. Jamais barbouillée, non. C'est la tête qui prenait tout, un sale coup. Une dissipée chronique, cette petite, mais d'indigestion point. Boirait du détergent sans qu'il y paraisse. À la moindre contrariété, ça lui prenait, elle riait plus que de raison et surtout buvait, les dents du fond baignées, les gencives déshabillées, de rire tant, qu'on avait mal pour elle. Dans l'urgence, buvait sans méthode, de tous les verres, à tous les râteliers, tous les goulots, elle aurait bu au tesson de l'alcool à brûler, du parfum, du dissolvant. Avec beaucoup d'aisance, le coude levé, naturelle comme une éponge. La mer à boire.

La situation tendait à s'éterniser.

Lou avait beau se tortiller sur sa chaise, gesticuler de la main gauche, celle qui ne tenait pas la cigarette, se donner des airs profonds dès qu'il approchait, allonger la jambe, s'allonger, se cambrer, se brutaliser, et fumer fumer enfumer tout ce qui se tenait près ou loin d'elle. Alexis avait beau ne pas la regarder, redoubler à son égard de prévenance et de délicatesse, faire semblant de ne rien voir. Beau ne pas prendre, dans ses mains limées et sur mesure, celles de Lou égayées, parcourues de veines enflées, de rigoles au triple galop, de sang monté, à bloc.

Certains soirs, c'est à moi qu'elle se confie, à moi qu'elle verse sa main débordante. Moi dont elle approche d'un peu loin son corps dilaté, qui s'étend, désanglé, qui coule presque, de ses yeux à sa peau à ses pieds. Quand elle me parle bas (quand Alexis s'approche), ses cheveux me caressent et me mangent les joues et le cou, m'enlèvent l'air et l'eau de la bouche.

À bout, dit-elle. De souffle. De bras lâches qui ne la contiennent pas. Aucun homme n'a les bras à ça, faire le tour de Lou, et ses poignets bagués, sa taille de collier trop étroit, son cou d'essoufflée, d'étranglée, ne tiennent dans la main de personne.

Ce qui aurait dû arriver n'arrivait pas et Lou se révoltait : ça y est, elle dit, ça s'installe, ce moins que rien s'installe et tout, déjà si peu, se perd, les regards, les mots, routine tout ça, aucune raison que quelque chose surgisse, de ce rien qui diminue. Nos regards se dissolvent dans tous ceux, pareils, qui ont précédé et avorté. (La situation tendait vers l'éternité.)

Nous avons des bagues à chaque doigt et tous les soirs, l'air de réveillonner. Le coton abreuvé des chemises se glace au premier arrêt de la musique, la soie sèche sur pied, le nylon comme neige au soleil. Nos visages en nage de plaisir. De fête troublée, de joie rabattue, de pure perte. Entre deux tangos, certains messieurs sortent de leur poche un mouchoir et le trempent à leurs tempes dissoutes, avant de le présenter, parfois, à leurs cavalières.

Lou comptait les jours où rien ne se passait, où rien ne s'était passé, sans y parvenir, tant ils étaient nombreux et se ressemblaient. Nous sommes plusieurs, à connaître l'angoisse des jours qui passent, comptés, décomptés, lorsque chaque jour qui finit est une chance de moins, lorsque c'est de mort lente que meurt le possible, et qu'insensiblement, il donne dans son contraire qui n'est pas l'impossible mais le rêve, puis la rêverie, puis plus rien. Chaque jour où rien n'arrive nous éloigne du jour où quelque chose pourrait puis aurait pu arriver. Nous rêvons, dans l'ombre de nous-mêmes. Ce que nous attendions devient ce qui nous attend. Plus nous avançons, plus la vie nous fuit.

TANGO MORTALE

L'enregistrement (25 11 06) où ce cri déchire, sur fond noir, puis silence, est celui qui m'angoisse le plus. Me détraque les nerfs, pourquoi. Je le repasse en boucle, ça n'aide pas. Peut-être n'est-ce pas la voix de Lou. Une voix qui me ramène loin, qui me rappelle. On dirait la mienne. Moi qui ne crie jamais.

Je vis dans un corset, toute prise, pressée, collet monté, cou bouclé, sang strangulé, entrailles rentrées qui tiendraient dans le creux de mon poing – que je serre à volonté. Mes gestes, mes mains, mon cloaque écrasés loin dedans. Je ris, en respirant peu. À peine si l'air m'arrive à la glotte. Quand je danse, j'inspire à fond perdu, le souffle dilaté et les gestes amples. Je suis nue sous la soie. Toi seul me contient.

Le tango a dû libérer Alexis également, tout ce qui en lui était bridé puis oublié. Tout ce qu'il n'a pas dit et dont il ne se souvient plus. Les mouvements calés dans son médius annulaire auriculaire. Sa vie devenue rien. Le tango libère les gestes, la mémoire du corps.

L'histoire du tango est une histoire de violence. Toutes ces heures où ton bras de fer détient mon bras qui résiste mal. Où tu broies, je cède. Où tu avances, je recule. Tu me contiens, je me défais.

(Je sens du poids dans mes jambes et du froid au bout des doigts. J'entends des murmures, des crissements, des bruits d'eau. Les murs me digèrent. Je sens mon sang couler.)

1880, Buenos Aires, dire que le tango est la danse des garçons d'abattoir. Né peut-être dans les abattoirs eux-mêmes, c'est comme ça que je le vois. D'abord dansé entre mâles, puis dans les bordels de la capitale, dans la fumée et les odeurs de viande par temps chaud, et sur la terre battue des établissements. Des débris jonchés, aux crochets des restes animaux, du verre pilé qui grinçait sous les pieds des femmes. Louées à la soirée par le tenancier, elles se faisaient payer par six minutes de danse, on se les arrachait.

(Mes doigts glacés n'empêchent que je transpire, dans ma robe de chambre béante.)

Dans chacun de tes gestes, ta volonté d'avancer où je recule, de poser chacun de mes pas, de me détenir contre toi.

Et moi comme une envie d'être murée vive, trop petite entre tes bras trop serrés, les cheveux partout défaits, et toute proche de ta bouche ma peau. Mon corps contenu dans le corset étroit de tes bras, mes mains gantées de tes doigts, ma bouche bâillonnée dans ton épaule. Quand tu sens mes cils se lever contre ta joue, tu m'ordonnes de fermer les yeux. Ferme, tu dis. La voix changée.

De plus en plus fréquemment, Alexis de Saint-Ours avait des moments de violence et d'égarement. On ne sait quelle contrariété les provoquait. Un mot, un regard, une vétille qui ne lui revenaient pas. Une rêverie malsaine qui le piquait. Lou s'en plaignait souvent.

Un rien le dégoupillait. Lui si à cheval sur l'étiquette était à couteaux tirés lorsque le percutait un cavalier maîtrisant mal les codes du bal. Entrant alors dans une rage incontrôlée, il se crispait de tout son corps. S'arrêtait en plein tango, interpellait haut le fautif interloqué, avant d'étreindre, d'un abrazo crispé, sa cavalière vaguement alarmée.

Il commençait à tenir de ces voyous en costume qui se bousculent dans les milongas argentines. Lou évoquait ces belles traîtresses de bas-fonds qui vous descendent un homme rien qu'en levant les yeux. Nos boutons de manchette et nos bagues nous font la main lourde, nos résilles la jambe légère.

Tout ça annonce déjà la suite, que révèlent les enregistrements. Il y en a de plusieurs sortes : ceux du début de la liaison, d'autres qui semblent filmés sous l'effet d'un genre de paranoïa et, enfin, il y a les enregistrements où on voit Lou en proie à ce qu'il faut bien considérer comme un dangereux détraqué.

Je me demande si les escapades de Lou, qui lui ont coûté si cher, lui procuraient du plaisir au moins.

Le plaisir me semble peu probable. Je renifle une bouteille de vin débouchée, je bois au goulot. Bonne franquette. Entre nous. Je la pose franchement par terre, en dangereux équilibre contre la petite table, pas bouger s'il te plaît, respire un coup.

Installée dans le canapé replié face à mon écran d'ordinateur. Un ordinateur que j'ai ramassé devant l'immeuble d'en face, ni vu ni connu à la barbe du concierge portugais toujours à sa fenêtre. Il ne m'aime pas, le concierge, je ne sais pourquoi, tout est dans le regard. L'écran fait un joli gabarit. Une rayure blanche et grise traverse horizontalement l'image et la coupe en deux, quel ennui. Le fil d'une lame. Une zone un peu floue dans le coin droit du haut, passe encore. Des couleurs gerbantes, qui crient, des peaux hystériques, du blond fluorescent. Quant au fond de l'air, il est cuisant, vu le gaz que je consomme, pas très frais, tu m'étonnes. Qu'on me le coupe, je meurs. Tout ça finira mal.

J'allume. De l'index j'appuie sur le bouton. En joue. Feu.

11 10 06 – 11:07
Laisse-moi essayer, elle dit. Tu verras. Elle s'approche de lui : c'est le visage calme d'Alexis et son air de ne pas être à la noce. Quand même un sourire peu solide, tout dégarni, qu'elle lui arrache pour en

finir. Fais attention, qu'il ne peut pas s'empêcher de dire. Repose-la, maintenant. (C'est un ordre). Rien ne bouge. (De nouveau la voix de Lou :) T'inquiète. Cependant le visage d'Alexis s'assombrit. Repose ça, Lou. Maintenant. Mais l'image reste figée. Alexis s'approche, à n'en plus pouvoir mais sans oser, vu la fragilité. Lorsque Lou pose enfin sans l'éteindre la caméra sur la table, j'imagine qu'il est à bout. L'image est passée au mur blanc, avec un interrupteur, une zone d'ombre verticale.

Alexis (s'efforce) Tu sais que je ne supporte pas.

Lou (aiguë) Détends-toi, respire. (Elle s'approche, le plus qu'elle peut j'imagine, avec son petit sourire foutu.)

28 10 06 – 23:05

Noir. Comme des murmures au fond d'un puit. Voix mouillées.

10 10 06 – 07:30

Lou rentrant de milonga. Les couleurs bataillent, le pourpre vinasse de ses lèvres, de sa peau le blanc blêmi, et l'ombrage que lui fait sous les yeux son mascara soi-disant waterproof. Mais surtout ses lèvres émincies, presque noires, ne vont avec rien d'autre, dérangent et durcissent son visage. Elle sourit. Dents oxydées. Ses ongles longs et d'un rouge sans remède qu'elle a choisi en fonction de ses chaussures peu recommandables, le fard à lèvres pareil, mais parti, bu par le vin. Donc du rouge noirâtre, du noir et du blanc à la casse. La lumière la dévisage crue. Ridules en coin, Lou a trop ri dans sa courte vie. Pas assez dormi. Du sommeil en retard qu'elle ne rattrapera pas.

Elle jette son corps de soie grillée dans un Chesterfield. Cigarette au bec. Raclant d'une main ses résilles. Il reste du whisky, demande-t-elle, la voix un peu faite. Juste un fond, merci.

Images décousues, cuisine, fenêtre noire (bleuie, le jour se lève), bruit de verre, de liquide. Retour à Lou, à son ventre lâché, à ses épaules de blanc brisé, sa peau radoucie par la lumière du petit matin qui remplit la pièce et couvre son visage. Elle déplie la main et la tend vers la caméra. Elle l'ouvre, droit devant, et tendue, mal tournée, prends-moi.

01 11 06 – 12:25

Lou absente. Quelques robes à des cintres accrochés par-dessus une porte blanche. Puis au pied du lit, du soleil et le désordre d'une robe couchée. Une demi-douzaine de chaussures, un chapeau cloche, des kleenex utilisés, des préservatifs, un slip. Les draps sont blancs, défaits, peut-être tièdes. La caméra s'arrête quelques secondes en gros plan sur chacun de ces objets, on dirait des pièces à conviction.

Quant aux lieux. Le mauvais goût de Saint-Ours consterne. Le genre rustique. Du bois, des poutres, des vitrines à bibelots, des natures mortes. Un Chesterfield, faux peut-être. Lino partout. Sur une des cheminées, une couronne d'Avent. Un appartement de vieux. De sa femme peu de traces. Au-dessus du lit, quelqu'un a retourné le crucifix face contre le mur. Les petites affaires de Lou, répandues, sur le dos d'une chaise, sur le lit, de-ci, de là, où qu'on regarde. Quelques paires de talons dépareillées. Vers Clichy, m'a dit Lou, une grande porte cochère, une odeur pas fraîche, puis la petite cour miteuse, pavée, et tout autour six étages qui mangent le jour. Entre, c'est par là.

14 11 06 – 03:11
Lou relevant ses jupes, et les yeux mi-clôturés, une invitation le temps de quelques battements de cils. Affaissée dans le divan et relevant une jupe trop courte sur des talons au sol, presque à l'horizontale, les chevilles cassées. Regard malappris, sourire déconvenu. Lou craché. Jambes nues jusqu'au ventre, les doigts d'une main dans son sexe.

14 11 06 – 03:13
(Remontée jusqu'au nombril, décolletée jusqu'au sternum, engouffrée entre ses lèvres, jusqu'à la glotte, jusqu'à étouffer, les larmes aux yeux et dans la gorge l'estomac.)
Aux yeux les larmes d'avoir respiré mal, et la bouche trempée jusqu'aux joues, jusqu'aux oreilles, fendue, le bec coulant.

Lou me plaisait pour son impudeur. Moi je donne dans la fleur bleue. En bouche un goût de sirop non consommé. La gueule amusée et l'alarme à l'œil. Fumant, fumant à la chaîne. Et plus un mot, plus un geste qui tienne. Tout en moi devient minuscule et mité, plus rien ne bouge. Une vie de blancs et de silences. Les gestes le long du corps, les mouvements glacés au fond des os, mouillée jusqu'au blanc des yeux.

(Là rien que d'y penser je prends, tombé sous la table du salon qui fait aussi cendrier, un tube de lait concentré, que je porte à ma bouche, et je presse fort, pas trop, pas de deux doigts, pouce et index, mais du poing pressé, du poing fermé, et là, le lait se dilate contre mon palais, ma bouche est pleine jusqu'aux dents, jusqu'à la glotte, gavée, nausée, me coule du bec, et j'avale de force, de travers, je crache, à en lâcher, mâcher le machin de plaisir, à en serrer de la main, jusqu'à la dernière goutte, ma bouche, débordée. Jusqu'à plus soif, y passe tout entier, passe à ma cavité bue, cale mes entrailles, et tout l'air que je respire dégage cette odeur de crème tournée, ce goût redoutable, j'aspire de toutes mes forces l'air qui m'entre dans le corps, le ventre, le sang.)

Là, le plaisir et le dégoût que me causent l'onctueux et la mine blême de cette substance me font grimacer, détourner le visage vers le lointain, à perte de vue, me donnent envie de rire et de tordre ma bouche.

27 11 06 – 03:21
Voilà comme elle entre,
Outrageusement maquillée et de haut en bas la robe raflée. Elle lève sur Alexis ses yeux peinturlurés, de beurre noir, lui tend sa bouche blessée de rouge taloché, lui fait la grimace de son maquillage. Elle s'est défigurée à coups de cosmétiques.

La mort louche par ses yeux, son visage souillé coule, se défait, danse des rigoles jusque dans son décolleté. Son visage se décompose en boue un peu noire, un peu verte.

Elle pleure son fard, elle boit et bave son rouge, elle se ronge le vernis, elle s'arrache la laque plein les cheveux, les épingles. Les joues trouées par la faim. La gorge gracile marquée de bleus.

Nous en sommes donc au 27 novembre. Ça ne fait que commencer. Pire à venir. Dans ces premières prises, Lou pose de trop bonne grâce. Elle a l'œil qui en demande. Qui joue à quoi.

De la même époque aussi, des prises du Latina, des couples qui dansent. Lou danse. Parfois avec Alexis lui-même : peut-être demandé à la vieille de les prendre, gros plans sur les jambes et les pieds de Lou. En vue d'améliorer sa technique, pourquoi pas.

C'est en décembre que les choses semblent devoir se gâter définitivement.

Je presse dans ma main mon visage. Très fort à hauteur des yeux.

C'est un cas de conscience. Donné la teneur des enregistrements, ne s'agit-il pas de recel. Et donc de me rendre au poste. Ou chez la vieille. Je n'irai nulle part. D'autant que si Alexis est dans les parages, il reviendra pas l'ombre d'un doute reprendre sa caméra. Cette caméra et moi, nous ne bougerons pas d'ici. Pied ferme. En attendant, éloigner ce mêle-tout d'Ezequiel, c'est préférable. Pour être mieux à même d'évaluer ce qu'il me reste à faire, je décide de prendre un jour de congé.

VIVRE SANS AIR

Troisième jour de congé.

Remettre un peu d'ordre dans tout ça, j'ai le temps, tout le temps.

Dehors 5 degrés à l'ombre, le thermostat affiche 32, c'est la chaleur avant l'orage. Mi-janvier. Dans la cour, des sapins dans des sacs poubelle. Parfois démembrés, car trop grands. En pièces, les bras détachés du tronc, à mains nues mutilés. Décapités. Les cheveux d'ange s'emmêlant. Les épines tombant. La neige artificielle défaite.

Dehors aussi Ezequiel. Pas revenu de sa course. Ça me rappelle ma jeunesse. Il me ferait ce coup-là – à moi – genre, je n'ai plus de cigarettes, je reviens. Tant de manières. Non, non, je le connais du bout des doigts, je sais trop bien sa façon de disparaître. Et puis son foutoir, ses hardes sont toujours chez moi, au grand complet. Je suppose qu'il lui est arrivé malheur. Ça t'apprendra mon vieux, à te mêler. Entre artistes, qu'il disait la bouche en cœur. Ce qu'il en coûte. Et mon tour peut-être, mon heure, fini de rire.

Je passe mon temps à sursauter, le moindre bruit m'écorche, j'ai le cœur qui ne s'écrase plus, je dors tout habillée.

J'ai profité de ce long week-end (pont à volonté) pour me teindre les cheveux. Une teinture rouge que je gardais au long cours dans un tiroir sans jamais oser, car il fallait d'abord décolorer, pas une mince affaire déjà, vu mon crin noir, toute l'eau oxygénée y est passée. Un chipotage. Au final, ce n'est pas vraiment une réussite, surtout de près, il y a du noir, du décoloré et du rouge, c'est bigarré, c'est un échec. Ça me gâte le teint. Sans parler de mes mains encore rousses, tatouées de taches, quelle dégaine. Même de loin rien à voir avec Lou et sa crinière qui lui mord les épaules et les bras, la dévore crue, la boit aux quatre veines.

J'ai un mauvais pressentiment. Une angoisse qui m'abomine le sang. C'est comme si j'allais mourir de l'intérieur. J'ai le visage encagé dans mes doigts, je n'en sortirai jamais.

Sur mon cœur, la robe de Lou. À mes pieds, ses aiguilles. À mes pieds, ses pas. À genoux, ses bas. Avant qu'Ezequiel y mette la caméra, il y avait dans le sac plastique ce qu'on y fourre à la hâte, avant de partir. Ou ce qu'on emmène pour se changer le soir avant de sortir. Allez savoir.

Trop petites, les chaussures – leurs lanières croco ouvertes.

Douleur crevante, beau temps que je ne les ai pas enlevées. Que je ne suis pas sortie de chez moi.

Que les talons de Lou se prennent dans la moquette épaisse de mon salon. Que sa robe me frôle. Que je la respire. Qu'elle me serre de près et de loin.

Je me recroqueville dans le grand lit. De mes doigts, je caresse l'aiguille gauche, je remonte la jambe à résilles, très lente, mes ongles se prennent dans les bas, je déglutis, caressante jusqu'au sexe, je pense à ta main, ta manière de la tenir pouce index paume. Toucher à rien. Pas bouger. Pas fermer l'œil. Renversée dans la soie de la robe, j'ai les doigts humides et les cheveux gluants. Petite robe noire à grand décolleté et dentelles qui la font ressembler à un sous-vêtement. Elle me tombe des épaules quand je suis debout, me glisse des jambes quand je suis couchée. Se fend quand je marche. Bâille quand je m'assieds. Ne pas se relever.

D'ailleurs à peine si je tiens debout, si j'arrive au frigo, comme j'en avais l'intention, déjà pas si ferme. Le talon s'enfonce dans la moquette, la moquette mange le talon, j'ai du mal à lever le pied. Clouée au sol, je fais pour me dégager d'un coup sec. Je m'étale de tout mon long, ça ne pouvait manquer. La soie renversée. Les résilles décalées. La robe remontée et moi bousculée. Comme prise au piège. Buvant la poussière à long traits. Saleté de moquette. En train de pourrir en douceur. Je continue mon grand chemin jusqu'au frigo, où je me déverse sans plus attendre un plein verre de martini, d'un blanc trouble, un goût qui à tous les coups me fend le cœur.

J'ai le cœur comme si je n'avais pas mangé depuis, je n'ai pas mangé depuis, le cœur creux et calé dans le ventre. Ça serre fort, ça ne lâche plus.

Question subsistance, je ne crains pourtant rien – les locataires précédents ont laissé en nombre des impérissables, dont j'avais envisagé de me débarrasser en emménageant. Mue par la force de l'inertie, je n'en ai rien fait, heureusement.

Quant à l'ordre dans tout ça. Et le sens. Le fin mot de l'histoire. Le mot pour rire, à se tordre, à pâlir. Quant à cette brute d'Ezequiel. Parti. La confiance règne, on le suivrait, celui-là, les poings fermés. À peine de guerre lasse je m'étais refaite à lui, à ses regards déplacés, sa tignasse imprécise, que voilà, il disparaît.

Du calme, la situation finira bien par se débloquer. Le martini déborde, j'en ai mis partout, moi qui avais la main si sûre, j'ai dû vieillir. À moins que la chaleur ambiante, ou mon allergie à la poussière, le manque de lumière, peut-être pas étranger à tout ça.

Et aussi, ça fait trois jours que j'attends Alexis de pied ferme. Trois jours qu'il est censé venir reprendre sa foutue caméra. C'est pour chaque instant. Mes nerfs faiblissent.

S'il vient, je lui dirai. Elle est sur la table, ta caméra. Là, dans le sac. Quant à la robe et aux chaussures, si tu n'y tiens pas. Valeur sentimentale. (Et là, une petite moue.) D'ailleurs je n'ai rien dit, à personne, ma langue au chat, mais j'ai vu ce que j'ai vu. Tout vu. (Je respire). Je me rends. Je ne crierai pas, fais vite.

(Là disons, Alexis s'approchera. Plus près. Encore plus près, s'il te plaît). Il sera comme défiguré. Le chagrin.

Si près de moi, trop près. Tu t'approches trop. Tes mains m'entourent. Deux bracelets de mains. Ou même un collier. Je comprends, je comprends bien, je t'entends mal. Je t'

Je guette tes pas dans l'escalier. Les pas s'arrêtent tous à mon palier et tous les poings hésitent à cogner à ma porte. D'où qu'ils viennent, les grincements du bois me réveillent. La nuit je mets un tour à la porte, pour éviter les mauvaises surprises et le flagrant délit. Je n'éteins plus la lumière de la salle d'eau, par superstition. Tant que la lumière restera, je me dis. De peur du dépourvu. De dormir la main dans le sac quand tu arriveras. Je circule sur la pointe des pieds, la moquette taiseuse aidant. Je déplace de la poussière, elle se lève à chaque geste, j'ai envie d'éternuer, ou au contraire je fais du bruit, pour me rassurer. Je chante dans le noir, à tue-tête, tête nue, tord-boyaux. Bâtons rompus, gorge ployée, cou cassé. Exténuée. Exécutée. Aha. Crac.

On monte : des pas dans l'escalier. Minute, s'il te plaît. Je cours me recoiffer dans le miroir de la salle d'eau. Le cœur partout.

Les pas passent devant ma porte : fausse alerte. Une de plus, une de moins. J'entends le petit clic sec d'une porte qui se referme. Je respire, presque déçue.

Ce n'est pas après moi qu'on en a, pas encore. Ça ne saurait tarder, ça va saigner.

Étonnant comme on manque d'air dans ce lit.

Tant de jours que je vis dans les yeux de cet homme. Que je dors dans ses mains. L'attends dans mon miroir. En l'attendant je vis dans mon propre reflet, dans mes vêtements tombés, ma peau démaquillée, ma peau déserte.

Remettre un peu d'ordre. À l'origine de la colère, Lou qui refuse, les yeux traqués et la gorge prise, par Alexis de Saint-Ours, qui part vers, part. Comme s'il allait revenir, elle fait un petit geste de la main, qu'il ne voit pas, puis le suit des yeux. Il est parti, bien parti, quand elle me dit, dépitée, que pas envie de rester seule ce soir.

Ce petit manège s'est répété combien de fois. Lou renvoie Alexis, lorsqu'elle lui propose de la raccompagner. Aux lèvres un tremblement (reste, reste donc), elle fait vers lui ce petit geste (ne t'en va pas), et toujours non. À chaque refus, je vois ses yeux que jaunissent la cruauté et l'épouvante, détraqués, jaune vif. La petite souffrance, la petite défaite de le voir partir, la révolte peut-être. Parti Alexis, elle prend un instant son visage dans ses mains qui laissent transparaître des labyrinthes et des gorges de sang bleu. Un coup de mou, dit-elle, envie de rentrer, mais pas chez elle. Parfois elle se mord les lèvres, toujours rognées sous le rouge et sourit. Qu'à cela ne tienne.

Elle suit le premier venu, et Alexis est loin déjà, sans se douter, ravi sans doute du trouble qu'il a remarqué chez elle.

(Qu'il se rende compte. Qu'il ouvre les yeux.)

Il a dû les ouvrir finalement. À sa dernière sortie, je la vois encore sur son billard, Lou qui fuit les regards, puis qui danse comme si elle courait, rit des nerfs, sa jolie panse secouée d'un rire hideux, et son cavalier susurre à son oreille les éternelles fadeurs, ça fait partie du jeu. (Jouons. Passons un tour et encore un.) Elle regarde l'entrée – la sortie – le plafond, avant de disparaître. Une semaine plus tard, j'ai retrouvé son manteau, qu'elle avait oublié en fond de salle. Sortie sans manteau, par cette saison. Je le garde chez moi, il me sert de robe de chambre.

Je vois ça d'ici. Lou ne dansera plus, ses chevilles seront si minces, ses pieds ne toucheront plus le sol. Ses cheveux traîneront à l'air, bruyère rougie mobile, le visage ventre à terre. Elle ne dormira plus jamais, plus jamais ne fermera les yeux. Lou. Dans les mains d'Alexis. Entre ses bras. Tiède et froide. Poussière. Terre humide, sang figé. Un thriller latino. Une histoire bien raide, des couleurs qui giclent, du sexe minute. En même temps, c'est peu croyable. Divagations de bonne femme, tout ça. Je me détraque, dans ce trou. Pas question de tomber malade.

Tout de même, ça fait bientôt une semaine que je ne dors plus. Virée de mon boulot, ça n'a plus vraiment d'importance, que je dorme peu, mal ou pas du tout. Que je ferme les yeux, et que chaque bruit me fasse battre le cœur dans le sang, me fasse siffler le sang aux oreilles. Les courants d'air courent froidement sur moi, je remets au mieux le manteau de Lou sur ma peau débraillée, de sueur fraîche, froide, rêche. Une odeur de fourrure (pelée) et de renfermé, d'eau-de-vie dans un vieux bocal (jaune profond). Couvre-toi, chérie, le fond de l'air. Ça me rappelle, mon premier amant, si je me souviens bien, mais je me souviens mal, celui que je n'ai jamais aimé, peut-être moins que les autres s'il est possible, et qui m'a prise sur une table. Une table de bois. Il y avait des reliefs de nourriture incrustés dans les fissures, des miettes à mes pieds, sous nos pas elles craquaient comme du sable sec. Le fond de l'air est froid ici. Chérie. Sur la table jusqu'au bassin, cambrée, mes pieds touchaient le sol. Au mental, rien à signaler. Un petit feu de butane dans le fond de la pièce, métal et mauve. On a eu des incendies à moins que ça, ce feu de butane chauffant mal une maison de trois étages étroits, et là-haut le lit où il n'a jamais couché, la belle affaire.

À quel amour d'enfance revenue, à quels gestes avortés, me cachant au fond, au loin. Je murmure que j'attends. Je pense, tu ne perds rien. Il me rappelle, cet homme-là (Saint-Ours), ce type qui quand j'avais dix-sept ans, entre deux portes (là-haut, le plafond déplâtré, me tombe aux pieds). J'avais une petite robe de jeans, ma première paire de talons et au fond de moi, quelque chose ne bougeait pas.

L'indécence de Lou m'égaie. Je répète ses gestes, je remonte ma jupe moins courte, sur mes talons moins hauts. Mes jambes sont aussi fines, ma taille aussi cambrée, je la cambre, les yeux au ciel couvert, au plafond défait, la main prise dans les dentelles écœurantes, l'écran dans le noir le plus complet. Je guette les bruits dans l'escalier, je regarde la porte. Ça fait trois jours, quatre peut-être, que j'attends Alexis. Que je murmure son nom, en prenant la voix (un peu enrouée, aigrelette) de Lou.

Des pas dans l'escalier, qui s'arrêtent devant ma porte. Une hésitation. (Oh entre, mon amour). On ne frappe pas. Je crie : entrez.

(Je crie : entrez, et je vois rouge, le temps d'un instant, la pression tombe, la cage s'ouvre, thoracique, je respire immense et tout se mêle, la tête et le ventre. Les images se bousculent, se superposent. Tout me revient d'un coup comme de mes tripes, avec un goût de sang à flot, sur l'écran blanc, le mur blanc, dans ma tête à mort serrée. Une flaque qui se répand, s'étend, au rythme de mon pouls, vite, toujours plus vite, tremble dans mes mains mouillées, mon cœur mon cœur mon sang, ma bouche s'ouvre, il me semble que je vais crier.)

LE CHANTIER

Je crie : entrez.

Ezequiel. Ce qui se passe ici, qu'il demande. Il regarde : le lit déplacé, les draps blancs, la vaisselle faite, et moi habillée comme pour mes noces. J'ai les cheveux teints en carnage et je porte la robe de Lou (que je tire décente sous les genoux).

Je vois qu'il me trouve un drôle d'air. Il se méfie. J'ai les entrailles pressurées, mais je souris. Il fait le tour du propriétaire et, sans doute affamé, ouvre toutes les armoires, avant de les refermer sur leur désert.

Toujours là quand on n'a plus besoin de lui. D'où sort-il d'abord. Encore en train de courir l'aventure. De répéter cette pièce de théâtre dont il parle de moins en moins. Dire que je m'inquiétais. Tu ne peux pas rester, je fais. J'attends quelqu'un. Un amant, je précise. Tu as des amants, il dit, avec un sourire féroce. Il se croit beau. Je hausse les épaules. Il s'assied près de moi, pose une main amicale sur mon genou, comme par inadvertance ébouriffe la soie de ma robe, bouscule mes pieds et mes jambes, de sa langue m'ouvre la bouche. Je me défends mollement, sa main dans mon décolleté m'empêche de respirer. Il a pris l'odeur de la rue dans ses vêtements, la pluie dans ses cheveux et son pull de laine, il sent la sueur d'il y a trois jours. Pas rasé, j'aime ça, m'abîmant la peau du visage.

Dégage, je dis. On m'attend. J'attends. (Ma voix passe, neutre, normale.) Tu trembles, il remarque. Tu es malade ? sans vouloir que je réponde. Tu as vu Alexis ces jours-ci, je demande. J'hésite, je flotte un peu. Ou plutôt (il a raison) je tremble. Pas trop, qu'il me fait, il devrait être là ce soir : le samedi, il ne manque jamais le Chantier, en plus il y aura les Frères Macana. Je trouve que le gêneur manque de naturel. Il est peut-être de mèche. Puis moqueur, réagissant avec retard (suspicieux et vexé) : Pourquoi ? C'est lui que tu vois ?

Qu'il est bête. Il me tourne le dos, d'un air rance. Je n'en reviens pas. Tu me tournes le dos, ou quoi ?, que je m'informe de plus près. Il plaisante, j'espère. Se fout de qui. Le culot. Je ne l'aime pas assez pour comprendre. Je dis (en feignant la volupté) : oui, c'est, si tu savais, de quelle manière. (Il s'approche – oh plus près, le cercle vicieux de ses yeux et des miens, je ferme, il casse, mes doigts entre les siens, sac de nœuds, je n'en sortirai jamais. Plus près, si près, que sa respiration me fasse mal, que toutes mes vertèbres se brisent, que de ses doigts je ne sorte pas, vivante.)

Mais c'est Ezequiel qui m'écrase de tout le poids de sa bouche, qui me bâillonne de ses grandes mains.

Je lui souffle : d'accord d'accord, mais fais vite. Je ricane à la fois de désir et de dégoût, lui me touche, sa langue à mon oreille me donne envie de me tordre, de rire aux éclats, de rendre, un peu de salive me coule du coin. Sa bouche et mes seins, c'est à n'en plus pouvoir, au-delà de mes forces. Je hoquette, je ris d'horreur, fais vite, et pas de bruit. Il se détache de moi : salope, entre ses dents, un mot qu'il crache et que j'avale, oh j'avalerai tout ce que tu voudras. Il a l'air froid et faux. Saint-Ours sera là ce soir : il ne manque jamais le Chantier. Dans mon esprit, l'idée a fait son chemin. Je prends une paire de chaussures, la première qui me tombe dessous, je tremble (d'espoir cette fois) : alors, on y va ? et sans attendre la réponse, je sors. À peine un étage plus bas, j'entends la porte de mon appartement claquer. Ezequiel est sur mes talons. Nos pas doubles font résonner toute la cage d'escalier, et craquer le bois de toutes les marches, je cours presque (j'ai peur), dehors la nuit fond sur moi. Combien de jours que je ne suis pas sortie. L'air glacé me fait mal et m'embrouille. Dans le métro, je m'endors les yeux ouverts. En face de moi, Ezequiel ; il emporte la caméra sous le bras.

Montreuil. Même la nuit, gris à n'en pas finir. L'entrée est invisible pour le passant ordinaire. Il faut compter les numéros, puis là, en pleine rue Edouard-Vaillant, moche et paisible, un magasin désaffecté, à vitrine opaque. Bouchée par ce qui, une fois à l'intérieur se révèle être une lourde tenture de velours rouge. La porte est ouverte, à peine pose-t-on la main sur la poignée, qu'on entre dans une antichambre, parquet, pénombre, bougies, où deux filles à une petite table font payer l'entrée. C'est là que, dans le fond si bas d'un sofa de cuir éculé, on change les chaussures, là qu'on laisse les manteaux, à un cintre tassé par centaines. Ezequiel paie ostensiblement, c'est pour moi dit-il, et il s'impatiente, debout et fumant, pendant que je me débarrasse.

Derrière une seconde tenture commence la milonga, parquet mal éclairé, pas fini, des poutres en bataille, drapées de velours rouge, un bar de toutes pièces à côté des rideaux, une grande table de bois, puis juste devant la vaste piste, à côté de la loge du DJ, de vieux fauteuils, des chaises dépareillés plongés dans l'obscurité. J'embrasse d'un clin d'œil, personne, des inconnus, des débutants. Nous arrivons trop tôt. La piste est un peu inégale, Stéphane a lui-même posé le parquet, et le parquet vit, il bouge, faudrait le raboter dit Stéphane, mais voilà, ce sera pour plus tard.

Alexis pas là. (Pas encore là, mais il est déjà en train de réfléchir s'il viendra, de se dire que non tout en se préparant.) Je suis légère, je suis gaie, comme un pinson, je vais vomir. Je m'assieds à la place où Lou est absente aujourd'hui, un peu plus qu'hier un peu moins que demain : au bar, premier tabouret près de l'escalier de bois (les jambes dans le vide). Je m'amuse à tenir ma cigarette de la même façon, en l'air et un peu de biais, au bas du visage. La clope se fume toute seule. Une rare bouffée, nerveuse. Je tire sans conviction, mais je regarde intensément la porte. Sans avoir l'air d'y toucher, je remets en place mes bas. J'en caresse l'élastique et à travers l'étoffe, ma peau grisée. Je sens le vin me durcir le sourire, me forcer les traits, me patiner les dents. J'ai un petit éclat de rire louche et plusieurs accès de tristesse. Ezequiel barré sans un mot, danse déjà. Après son numéro de grand seigneur, voilà qu'il me bat froid, pas un regard. Au bout de quelques tangos, de passage au bar, il me susurre à l'oreille avec un sourire archifaux : alors, ce rendez-vous ? Il passe une main amitieuse sur moi, dans ma nuque, l'endroit précis où il sait que. Pauvre type. Je regarde au bas de la robe de Lou, mes jambes et les chaussures trop petites. Vertige. Modestement, mes mains dans les résilles de Lou, dans ses cheveux, nos cheveux massifs, nos mains nouées, nos ongles en pointes. Bon sang, je suis dans un état. Les yeux partout, c'est comme si j'attendais quelqu'un.

Sur la piste un type s'agite, en baskets sans doute moites, vu la dégoulinade, vu que sa peau trempe dans sa chemise. Il guide avec les bras (erreur capitale) au lieu du buste. Du coup la désaxe, la pauvre, qui fait ce qu'elle peut, de son côté, elle tire une tête et attend que ça se termine. Tout au fond, il y a l'Asiatique, celui qui ne fait que les débutantes, ravies d'être invitées par ce qu'elles croient être un bon cavalier. Il s'est arrêté pour expliquer à sa danseuse les délices du triple gancho. Puis je suis du regard un couple de professionnels. De si bonne heure, je m'étonne (habituellement les Argentins arrivent tard et dansent peu). Lui porte une chemise en panthère, elle un pantalon de strass, ça me plaît. Mon goût qui avant le tango était sobre s'est dépravé à mesure. Ça fait des années que je donne moi aussi dans la dentelle et le python, le sonnant et le trébuchant. Elle de toute beauté, comme les tangueras quand elles dansent, le mouvement les embellit. Lui droit et naturel, il ne danse pas, il marche.

Stéphane vient m'embrasser, chemise blanche bâillant sur sa poitrine noire, visage tendre rastas, beaux yeux aux coins un peu tombés, il ne fera jamais quarante ans. Comment va, Stéphane chaud au cœur me serre, et je ne résiste pas, c'est lui qui m'a appris à danser. C'est un peu comme si on se connaissait, comme s'il devinait non dit que quelque chose tournait pas. C'est quoi ça et il décoiffe mes cheveux mal teints. Il m'offre du vin, un verre de rouge pour la demoiselle, il dit à la fille derrière le bar, je lui souris, avec l'envie d'être sauvée. Pas encore grand monde, je sors, pour qu'il reste. Il est tôt, dit Stéphane. Il ajoute, la démo est à une heure, ça va commencer à se remplir, là. Déjà éméché, il me dit, je t'invite tout à l'heure beauté, il dit ça à chaque bal. Et moi j'attends, je reste assise plusieurs tandas, je refuse tout le monde, je clame que j'ai promis la prochaine, mais Stéphane picole ou bavarde ou fume, et parfois me sourit. À mesure que la nuit avance, de moins en moins là, de moins en moins souriant, les yeux troubles. Stéphane me laisse seule avec un verre à ras, du gros rouge qui tache les lèvres.

Je remarque, chaise haute tournée vers le bar, que le double évier s'empile jusqu'au robinet. L'eau coule dans les récipients souillés. Je prends un dépliant qui traîne, il tremble comme une feuille : Bal au Chantier, le samedi, de 21 heures à l'aube, démo des Frères Macana, et une photo d'eux en voyous porteños.

J'en suis là, le vin déjà monté, quand un type vient vers moi, inconnu au bataillon, l'air lui de me connaître. Pas si vieux, chemise à carreaux, typiquement le mâle alpha en détresse. Je regarde du côté de l'entrée, puis je regarde Stéphane, qui se rince au rouge en fumant (tu prends pas soin de toi, je lui disais, des fois ça m'inquiète. C'est pas à moi de te dire, mais tu fais pas gaffe, je disais ça et c'était comme de l'eau qui coulait entre les doigts), j'hésite et je m'aperçois qu'aux pieds, il porte des docksides. L'endroit n'est plus ce qu'il était. Je refuse, je dis j'attends quelqu'un.

Un regard me ramène Ezequiel ravi qu'on lui fasse des avances. Tout de coton, je me dirige d'un pas mal assuré vers la piste, au bord de laquelle l'habituelle parade, son regard appuyé (le mien esquive), sa main moite (puis la mienne que je tends mollement), son bras par-dessous (mon bras autour de son cou passé). Autant que je puisse juger, provisoirement pas trop ravagé, c'est presque émouvant, ça me rappelle des jours meilleurs. J'étais belle, nous dansions en murmurant sur une piste presque vide. L'histoire, ça dépendait, on brodait à mesure. Des fois c'était un gaucho, je l'imaginais tenant son cuchillo, d'après Ezequiel au contraire, il sifflait très nonchalant. Nous décidions, selon la musique et les rythmes, que tel morceau était glorieux, tel sanglant ou languissant, c'est à qui décrirait l'orage ou l'accalmie ou les grands sentiments, ou les morts qui tombent, c'était de la rêverie faite de broc, de clichés à tous crins et de souvenirs d'enfance, ça partait dans tous les sens, rien d'impossible cœur vaillant nous avons failli nous aimer. Nos gestes suivaient, beaucoup de gestes, et nos regards concentrés. Il nous arrivait de chanter à mi-voix, car nous connaissons tous les morceaux et tous les enchaînements – les mêmes CD reviennent à tous les coups, ça ne rate jamais. Nous comprenons certains mots en castillan et nous avons cet accent charmant avec lequel nous ferons des ravages, un jour, à Buenos Aires.

No habrà ninguna igual, no habrà ninguna,
Ninguna con tu piel ni con tu voz ;
Tu piel. Magnolis que mojo la luna,
Tu voz. Murmullo que entibio el amor.
Tu piel.
Tu voz.

Entre deux tangos je remonte les lanières sur mes épaules. Comme dépoitraillée, la soie à même la peau. Si décolletée qu'on me sortirait nue par le haut de ma robe. Mais c'est la robe qui descend au fil des mouvements, les bretelles foutent le camp. Mes jambes jouant me troublent moins que le haut immobile. Nos joues l'une contre l'autre, jusqu'à couler. Deux tandas suffisent pour me faire revenir à moi. C'est l'avantage du tango, tout ce qui n'est pas lui disparaît.

Quant à Ezequiel, décidément il perd la tête. Il entreprend de me murmurer par le menu ses activités des derniers jours, comme si j'étais jalouse et qu'il avait des comptes à me rendre. Je le laisse parler tout seul, sans plus le regarder, les yeux sur l'entrée.

Réfugiée au bar, je goûte un anonyme verre de vin volé au passage, qui me va tout de suite au plafond. Je ne me rappelle plus quand j'ai mangé la dernière fois. (Comme une contraction à hauteur du ventre.) Je n'écoute rien. Distraitement de la tête, je décline. D'ailleurs, ma cigarette fume et dissuade. Je ne parviens pas à me réchauffer, j'ai les mains glacées et la peau qui dresse, la tête partie. L'air froid me boit, dans cet énorme hangar où l'hiver s'est installé. Vers minuit les débutants se rhabillent, le Chantier se remplit enfin, le beau monde débarque, on me salue comme si je n'avais jamais disparu de la circulation, je fais comme si de rien (je tremble, en quelques jours ma main a pris un coup de vieux, je fais miroiter à mon doigt un faux brillant), et les Frères Macana font leur entrée, tous deux très sapés, d'une élégance désuète.

Au bout de quelques minutes qu'il passe à saluer, Enrique Macana vient vers moi. Si je me souviens de lui, et comment. Ça date du grand bal Color Tango, où au vu de leur jeu de jambes et de leurs faux airs de voyous, ils avaient fait un malheur. J'applaudissais encore émerveillée, qu'Enrique Macana était déjà devant moi à m'inviter. Tranquilita, tranquilita, me dit-il, car je ne tenais pas ferme mon verre de vin. Quando quieras, quand tu veux. Je ne me décidais pas, puis j'ai fini par vider cul sec, ça lui a plu. Sous l'œil narquois du public, j'ai dansé, fort mal, un tango morganatique. Il m'appelle encore hermosa mais il ne m'invite plus, on lui tend le punch qu'il a commandé et il part retrouver son frère et quelques Argentins qui ne se mêlent pas.

Je fixe l'entrée, prise d'un pressentiment, quand je sens une main sur mon épaule. Je me tourne : tombé là comme la foudre, Saint-Ours. Il commande un whisky double et m'embrasse. J'ai le cœur dans la gorge. Je dépose mon verre sur le bar, je m'en suis mis plein la robe et les doigts. Il me regarde tout fixe et sans façons, comme s'il essayait de me situer, avec mes cheveux tout allumés, moi qui en avais de noirs agrafés partout à coups d'épingle. Il ne va pas bien. Pas rasé, fagoté, son costume sent le vieux. C'est lui et ce n'est plus lui. En le voyant là, je jurerais ne l'avoir jamais bien regardé. Il est perclus de tics, qu'il essaie de concentrer du côté gauche de son visage, tandis que par rapport à moi, il se tient de trois quarts côté droit.

C'est le moment que choisit Ezequiel pour se planter devant moi, en ignorant Saint-Ours avec superbe, et me faire une cour du plus mauvais goût. M'est-il permis ? s'enquiert-il, censément timide, avec une petite inclination de la tête, genre révérence, un cabeceo outré (quelle brute). Moi fraîchement : là je fume, une suivante peut-être. Et je lui tourne le dos, sans autre forme de procès. Mais Alexis a déjà disparu, par trop rapidement, il discute avec un Argentin. Dans le milieu du tango, la disparition est une vraie manie.

TANGO INTERRUPTUS

Je descends de mon tabouret, mal debout, les jambes ne suivent pas, j'ai les pieds gelés, et autour de moi l'espace immense, les courants froids. Alexis se dirige vers la sortie, passe dans l'antichambre, mais il ne sort pas, il prend l'escalier au fond, je le suis. Là-haut, plusieurs pièces désaffectées servent de remise, tas de planches, outils, vieux meubles éclairés par la lumière du couloir. Alexis de Saint-Ours frappé de plein fouet me regarde d'un œil noir, me voit mal peut-être, je suis à contre-jour. Dans la main il a de quoi, et sa carte bleue. Contrarié, il range son matériel dans la poche intérieure de sa veste et en tire ses cigarettes. Il finit de ses dix doigts par extirper une clope du paquet. Distrait, il m'en propose une, mais seulement après avoir allumé la sienne.

Si diminué, si oublieux des gestes amples que je lui connaissais. L'ombre de celui que je pensais. Les mains effondrées et le visage qui marche tout seul, un masque détraqué, il ne sait où donner de la tête. À le voir comme ça, on l'achèverait. Ce qui me trouble : le clin d'œil nerveux qu'il me fait sans arrêt. Il semble me reconnaître de loin et vouloir me prendre à part. *(Vois si ce n'est pas à se tuer / Que pour cette épave / Je sois ce que je suis / Dure vengeance du temps / Qui te montre détruit ce que tu as aimé..., Enrique Descepolo 1928.)*

Je me sens déplacée. Je dis, Alors, Lou. Ma voix sonne bizarre dans ce réduit, avec en fond, comme de loin, du tango. L'hiver ici est encore plus sévère qu'en bas, il me secoue tout le corps. Alexis prend plusieurs bouffées et la fumée qu'il expire, c'est à la fois le tabac et le froid.

Tu sais quelque chose, il finit par demander. Je dis, je sais tout (le tout pour le tout).

Sur ce, il ressort la poudre, la carte bleue et un billet de banque enroulé, tout ça soigneusement sur une table bancale à côté d'un vieux frigo ouvert et vide. Alexis de Saint-Ours ne supporte que la drogue des riches. Le geste brusque, il passe devant d'un seul trait, puis comme contraint me laisse la place. Je renifle bruyamment, levant un peu les yeux mais où, passant sous mon nez le dos de la main doigts écartés. Que je suis belle. C'est déjà mieux. Trop proche, l'haleine défraîchie d'Alexis me donne la chair de poule.

J'ai le corps malmené d'être là, par ce froid, la nuit pleine, à me sentir sous la robe de Lou, nue comme une invitation. Saint-Ours moins grand que je n'avais espéré, l'air étriqué, à la masse, mais coupable. Coupable il doit l'être, avec son visage qui le lâche. Il est enfin là, je suis enfin à lui, dans ce réduit où le son s'étrangle, où la musique couvrira.

Je sais tout, je répète pour me donner du courage, ou par peur d'apprendre ce que je devine, c'est comme chanter fort la nuit.

Tu sais tout, il dit, en me perçant. Et d'un geste il envoie valser. C'est une chaise renversée sur la table qui claque en l'air quatre fers. Vraiment tu sais tout, c'est toi qui l'a conseillée peut-être. Il me vrille ça, et moi je me tiens au mur de glace. Les mains si refroidies que j'en hurlerais. Qu'il fasse vite.

La colère le débauche sans transition, lui qui faisait semblant de se tenir bien. Il se déverse comme de la flotte sale. Cette salope de Lou, il dit. Qu'elle a fait semblant de ne rien comprendre à rien, coulée contre lui, mal famée, mal baisée, fangeuse, à pleurer toutes les eaux de son corps, à le polluer la nuit le jour. Il l'éloignait, et elle en redemandait. (Sec sanglot.) Il se tait, il dit, plus calme, comme si rien n'allait se passer, que tout ça, c'est sa faute à lui. Puis soudain trop calme, comme de sang froid.

Qu'elle savait ce qu'elle faisait. Avait calculé son coup. S'était donné le beau rôle, elle aimait ça, l'actrice. De manière à le laisser lui, seul, comme un chien, avec des remords, le laisser seul. Coupable. Coupable. Elle savait qu'il gérait mal, la culpabilité. Savait que ça le rendait dingue. Elle avait calculé ça, avant de faire le saut.

Oui, je dis, elle savait tout ça. C'est vrai, c'est moi qui lui ai conseillé, je dis, elle a eu raison, elle est bien, là où elle est, moi j'aurais fait pareil, je ferais pareil si je pouvais. Je dis ça irrésistible. Je dis ça sans une pensée. Pour qu'il n'y tienne plus, pour le pousser. Il fait pour m'approcher ou me frapper ou me, il lève le poing, mais il cogne contre le mur, de ses forces, j'ai mal pour lui. Je me dis, je vais mourir.

Lou me donnait des envies de. La bouche d'Alexis se tord en un semblant de sourire. Envie de. Tu vois. Il dit ça, les tempes moites, dans l'obscurité chronique de ce réduit.

Les tempes qui luisent, par ce froid. J'entends son cœur battre dans ses mots précipités. Après un silence : Je ne voudrais pas d'elle, même pour, pas d'elle pour. N'arrive pas à mes chevilles (il se crispe). Son masque, je le tombe, je l'arrache, je le déchire, et sa jolie robe, et la soie et ses mains sa peau, chacune de ses veines. Ses poignets, je les briserais, comme elle m'a. Je l'écraserais, comme, l'écraserais – comme ça. (Le mur contre les poings). Je sursaute.

Plus bouger. Me faire petite. Mon cœur bat à tout casser.

Et toi, tu savais ? Il se tourne vers moi, il a la haine. Je ferme les yeux, vas-y mais fais vite. Ses mains je pense vont s'abattre. Ou alors je vais partir. Mais je suis enchaînée pieds et poings. Je respire de plus en plus et mes poumons deviennent étroits.

Tout ça, c'est le tango. C'est de vivre là-dedans comme dans une fosse. De vivre dans le mensonge, la tromperie. Fini pour lui. Et il part comme un mauvais coup : Qu'il a donné, merci. Pas souvent qu'on le reverra dans les bras de ces vieilles peaux. Pas souvent qu'il reverra de près le grain foutu de leur cou, la racine noir et gris de leurs cheveux blonds. Ce petit monde, ces corps qui sortent de leurs gonds, ces doigts moisis, ce monde où tout est collant, gluant, moite, comment supporter, avaler leur haleine, contenir tout ça dans ses mains. Les vieilles avec leurs regards mouillés, adipeux, vexés, les jeunes qui détournent la tête.

Lou avec ses airs. Il lui fallait ça (petit geste de la main). Depuis le temps. Fichue. Comment veux-tu, pour tenir combien d'années et tous les soirs. Mais toi-même, il dit, comment tu peux. Il me regarde avec consternation, avec colère. Je traîne là depuis quand. Oh moi, je dis, je danse histoire de tenir quelque chose, c'est bon pour mes nerfs, ça me berce. Sans compter la vanité. Il se trouve que je suis très belle quand je danse. (Je souris avec suffisance.) Et puis, je ne connais plus personne dehors. (Ce constat me prend au dépourvu. M'attriste.) Je suis du même bois qu'elle, aussi fichue qu'elle (j'aimerais qu'il s'approche de nouveau, poing levé, mais il ne fait plus mine, loin, appuyé contre la table).

Tout ce petit monde pourri. La vieille. La vieille aussi s'y est mise, elles s'y mettaient toutes. Deux jours après la disparition de Lou, il avait été la trouver, et elle avait joué le jeu de sa nièce. Elle paraissait souffrante dans son canapé, enfouie sous des bouillottes et des chats. Robe de chambre pied-de-poule, qui s'ouvrait un peu sur la peau vache de sa poitrine. Son œil démaquillé prenait des proportions, dans la peau trop vaste et les orbites trop profondes. Elle avait les yeux dans le mur. S'était mis une triple dose d'aspirine. Le voyant seul, elle avait aussitôt perdu la tête. Disant qu'il lui amenait de mauvaises nouvelles. Une longue mélopée. Pas moyen d'en placer une. Il avait jeté très fort le verre mi-vide contre le sol, sans rire. Il n'était pas bien. Ça l'avait calmée, c'était comme de l'eau froide. Puis elle s'était mise à ricaner, ses nerfs la plantaient, la piquette et les aspirines faisaient leur petit effet. Toujours su que ça finirait mal, qu'elle hoquetait. Et elle s'était mise à pleurer, il pense qu'elle pleurait, ce n'était pas clair, les hoquets et le bruit de gorge. Il s'était assis dans un fauteuil et avait fumé, assez loin de tout ça. Deux ou trois cigarettes ça avait duré, au plus. Mais ça lui était resté, comme si, ça aussi, c'était sa faute à lui. Cette vieille qui lâchait, toute seule avec ses chats.

L'œil débraillé et trop grand dans son visage frappé de lumière, il se détourne en prenant dans ses poches, pour remettre ça. Les choses passent par ma tête, et le silence siffle. Je ne sais par quel bout prendre. Grillée. Censée tout savoir, je ne sais rien rien rien. Où est-elle, je pense. Alexis inspire cul sec, une ligne droite, le fond de l'air. Il renifle, fait signe d'approcher et sans me regarder, s'excuse d'avoir haussé, je n'y suis pour rien il le sait bien. Il me remercie d'être là, de l'écouter. Il pose sa veste sur mes épaules nues, Tout n'est pas perdu encore.

Ma main glacée sur le côté gauche de mon visage, le billet enroulé dans l'autre transie, violente j'aspire. Je dois m'y reprendre. J'oublie le froid et je regarde Alexis, comme si je ne connaissais que lui. Il se tait, sur fond étouffé de tango-valse. Je rêve. Je fais trois pas exaltés, comme c'est bon, puis je reviens, en me pelotonnant dans sa veste et son odeur de cuir.

D'une voix embellie, je balbutie de maigres mots, de toute éternité. Elle est comme ça Lou, je dis, pour elle tout ça n'est rien. Je résonne agréablement. Mais il n'écoute pas, et se déverse de nouveau, il parle, et moi, je me dis, à mesure, que je sais de moins en moins. Je ne sais rien d'autre que la colère d'Alexis et son désarroi. Je me pose sur la table, dans des reliefs de neige, et je le vois à contre-jour.

Puis là, je lâche, je crie quasiment, mais ma voix s'étrangle.

Où est-elle, je demande. Lou, qu'as-tu fait d'elle ?

Où elle est, il dit, et il rit amer. (Son beau visage foutu un peu contracté). Où elle est. Tu le sais bien, où elle est.

Au lieu de répondre, il se met à parler tout seul : En elle tout jurait, il dit, les vêtements et l'âme. Le visage et le corps. La voix et les mots. Il s'y perdait. Ce n'était qu'en fin de soirée qu'elle devenait cohérente, plus ou moins, et encore. Amoindrie. Dispersée. Glacée. Il aime bien la froideur chez les femmes. Elle était froide, dans sa manière de s'offrir en se reprenant. Cette manière qu'elle avait de vous proposer sans disposer de rien. De vous jeter à la tête ce qu'elle ne pouvait pas donner. Elle ne donnait rien.

Elle provoquait et refusait, se faisait petite dès qu'on approchait de près ou de loin. La provocation, il la croyait jouée, que c'était façon de parler. De cacher le grand froid. D'ailleurs elle jouait, ça n'empêche, elle cachait, c'est vrai, elle avait froid, et il s'est trompé quand même. La provocation une manière d'attirer sur elle l'attaque. De prêter le flanc, et le reste par-dessus le marché. Elle ne donnait rien, elle prêtait beaucoup. (Sur un ton de reproche.)

C'est en fait à Lou qu'il semble parler, par personne interposée, je tombe, point nommée, ça fait combien de temps qu'il se tait, qu'il se parle tout seul.

Elle l'avait attendri, un temps, à s'abîmer comme ça, à s'en mettre partout. Traîner moins que rien. Au fond il la méprisait. Pour ça, aussi, qu'il ne se méfiait pas. Pouvait-on aimer ce qu'on méprisait, ça ne lui serait pas venu à l'idée. Qu'on puisse aimer dans un corps si beau ce cœur vautré. Vivant sur sa beauté, d'un rayon de soleil qui pâlissait, se permettant tout, comme si ça suffisait, comme si rien ni personne ne tiendrait rigueur, comme si on l'aimait. Elle s'imaginait qu'on l'aimait et que c'était elle qui toujours partait. Pas faite pour rester. Touchant à tout et sans prendre rien. Une frôleuse. (Il s'arrache chaque mot, de haute lutte, et monte la voix, bec et ongle, comme si je la défendais, mais je ne dis rien et je claque, forcée, j'ai l'onglée et le cœur pas net.)

(Elle aimait foutre en l'air, Lou, je l'avais vu lâcher un verre au moment où il tendait sa main – raide, médius annulaire auriculaire. Plein milieu de la piste, fin de soirée. Ça m'est resté, le bruit et la lumière, les yeux de Lou quand au-dessous de lui et les mains écrasées dans le verre, elle les a relevés, ils crevaient comme ça, grands ouverts. Autour, ça dansait, le bal battait plein. Le verre grinçait sous le cuir.)

Longtemps, très longtemps. Il avait cru que rien jamais, ne se passerait entre eux. Rien n'arriverait et c'est pour ça qu'il pouvait l'approcher et souffrir mais pas trop, sans que ça porte à conséquence. Il se tait et dit que c'était comme rattraper le temps perdu, il n'avait jamais été jeune, et je regarde son visage sans pitié. Il fume pour s'occuper, mais parle trop pour fumer. Il soupire de la buée devant son visage. Lou avait ce qu'il n'a pas lui, la légèreté, l'adolescence éternisée. Mais aussi, il se disait c'en est trop, c'est la légèreté du malheur, et ça l'avait ému. (Il me lâche tout ça comme à la meilleure amie de Lou, qui la connaît à fond, je ponctuais de quelques mots qui ne disaient rien, je hochais, pour qu'il reste sur sa lancée.)

La voix blanchie, il dit, Je ne peux pas lui en vouloir. Mais je la méprise.

Puis il me parle de sa femme, il en dit tout le bien qu'il peut, sa sérénité, son indulgence, et lui ses mouvements impatients, colériques, tranchants. De ce qui lui arrive elle ne remarque rien ou ignore ou pardonne. Au-dessus de tout ça. Et à mesure qu'il parle de cette femme avec un respect louche, son expression s'attriste, il en a des larmes, mais qu'est-ce qui lui prend, tout mais pas ça.

Il enferme son visage dans ses mains, enfonce les doigts dans ses paupières hermétiques.

C'est fini tout ça il dit fini fini fini.

Je l'écoute à étouffer, dans mes bras glacés refermés sur moi, son débit est inquiétant, moi je fais quelques pas au hasard comme pour réfléchir, ou m'en aller. Je me sens comme soulagée. Le cœur comme léger. L'air, je pense. L'air est étonnamment pur dans cette turne. Avec ça, une joie qui me serre. (La drogue, peut-être.) Plus rien n'a d'importance. Quoi qu'il se soit passé, quoi que tu aies fait, je dis. Je m'arrête.

Il a les yeux pleins, ses mains débordent, il les enlève, en soupirant, essuie du poignet, son index médius annulaire au ciel. Je me sens envahie. Du côté gauche de la poitrine, petite oppression, quelque chose entre la boule et le nœud qui coule.

Et là, sans y penser, je fais pour le toucher et je le touche, j'entoure de mon bras gauche son épaule, l'autre rien. J'ai le cœur qui bat partout, mais pas tant, même pas tant, rien du tout. Je le touche lui, de toute évidence, je le touche moi, je m'étonne du geste avec retard. La poudre peut-être ou l'alcool ou le sentiment que je suis en train d'y passer. J'y pense avec retard, alors que mon bras droit glisse autour de son cou et qu'il pose dans mon dos l'une de ses mains, la terrestre, l'air pas plus éveillé que moi, la drogue aidant ou le chagrin d'être au fond du trou, dans l'obscurité d'un tout petit matin d'hiver. La veste qu'il a posée sur mes épaules tombe par terre.

Des bruits de pas dans l'escalier. Je ne connais qu'eux. Par-dessus l'épaule d'Alexis, en face de moi, Ezequiel. Il est tout habillé, apparemment prêt à partir, à la main ses chaussures de danse et la caméra. Ezequiel jauge Saint-Ours qui se tourne vers lui, puis moi, il nous regarde tous les deux et son sang ne fait qu'un tour. « Si tu es un homme » qu'il crie à Alexis, et il dépose chaussures et caméra. Partout sur lui, ses cheveux n'ont plus rien d'humain. Il tire un couteau à cran d'arrêt d'une poche intérieure. La lame larme à blanc dans le noir. Je n'en crois pas un mot. Ezequiel, si rafraîchissant quand il veut. Alexis le regarde, lui puis la caméra, l'un et l'autre, avec de grands yeux. J'ai l'impression qu'il va se mettre à rire, en tout cas, il est tout secoué, c'est bien parti. Il est de mon bord.

Ma caméra, qu'il hurle. Je vais t'exploser. Il ramasse une bouteille vide et, la tenant par le goulot, la fracasse contre la porte. Il brandit le tesson.

Là, je commence à rire, c'est un fou rire, je pleure. Pas longtemps.

Ezequiel se tourne vers moi, en rage : Toi salope, tu vas voir la danse que je vais te mettre, je vais te faire ta fête. La fête a tourné court. Je me suis approchée du plus près que j'ai pu d'Alexis, et regardant tout droit Ezequiel de mes yeux affolés tout lacrimeux, j'ai dit je l.

Là un blanc – je n'ai rien vu ni partir ni arriver, au loin une lame. Un mauvais coup, peut-être. J'ai comme disparu de moi-même. Je suis restée là et j'ai. Les cordes vocales.

(la flaque s'étale comme dans de l'eau, à perte de vue liquide, gave toute l'image. Main barbouillée de Lou, ce sont ses bagues poissées, ses cheveux rouges, rugis et noirs à force de sang, longtemps, des minutes, des minutes entières, mon cœur rompt, et mes mains tremblent jusque dans la moelle, partout, où que je sois, où suis-je, dans ma gorge collée, dans mes épaules qui coincent, dans mes lèvres qui serrent, mon ventre qui contracte, plein, tout mon corps dans mes tripes, tiennent dans mon poing, ramassées dans rien, compressées, vont claquer partout, je me tiens je me tiens bien, ma bouche s'ouvre toute seule, coule de long, la mâchoire paralyse, le blanc des yeux fond, les yeux m'arrachent, je vais pleurer tout mon corps

je ne crie pas

))))))))))))))))))))))

DERNIER TANGO

Je n'ai pas idée de l'heure ni même du jour où je me réveille. Je repose dans mon lit, le visage couvert d'une de mes robes. J'ai mal aux cheveux. Les bras dénudés et glacés. Il fait noir dehors et dedans. Le jour commence ou se termine. Tout va bien. Le néon de la kitchenette. Le bruit cristallin d'une fuite d'eau dans la salle de bains. Une odeur d'humidité qui me tue. Le tabac serait une solution. Je tâtonne sur les côtés, prise d'une vague envie de braire et la main branlante.

Sûre au fond d'avoir été dépouillée dans mon sommeil. Je remarque qu'Ezequiel a levé le camp : ses affaires ont disparu. Lorsque sur la table de salon et de nuit, je découvre une cigarette indemne, l'attendrissement me gagne. Pas le mauvais bougre, au fond. Le genre à prendre le paquet, mais pas la dernière clope. Je l'embrasserais. Trop beau pour être faux. Mais là, pas de briquet, pas d'allumettes, rien, rien, la cuisinière fera l'affaire.

Quand je me remets debout sur les talons de la veille, je sens tout de suite que quelque chose coince, c'est la cheville, gonflée à bloc, et c'est tout le reste qui tasse dessus, et moi j'ai mal, comme tabassée, battue à blanc, mal relevée, je ne m'étale pas, de rester debout ça me coûte. Je clopine jusqu'à la cuisinière. J'ouvre le gaz. Une intéressante odeur, mon cœur balance. Je finis malgré, par enflammer la plaque, par allumer la clope.

Je passe le reste du dimanche après-midi dans la pénombre puis la nuit de janvier, reine des restes du bal, en somnolant avec tristesse. Je suis là sans y être, assommée de fatigue et grelottant sous le contrecoup des excitants de la veille. Un soir de défaite. J'attends que l'hiver me passe sur le corps.

L'air est cuit, fermenté, décomposé par la chaleur intenable. Le cœur sur les lèvres me coule, les yeux. J'essuie du revers. J'ai l'impression de ne rien comprendre à rien, plaquée au sol. J'essaie de réfléchir, la concentration me fuit. C'est le matin et le soir, la veille et le lendemain d'un bal. La disparition de Lou. Le retour de cette femme. Ce film. Saint-Ours. Et moi dans tout ça, ramenée par qui ? La tête montée. À n'y rien comprendre et, autour, tout se resserre. L'odeur méphitique des lieux m'étrangle, et ce silence que je remplis seule me fait avaler. Le plafond bas m'écrase tête la première. Je mets un peu de musique, écœurée j'éteins – encore du tango.

Et là, sans penser, je pousse et violente jette toutes les chaussures qui traînent, dans un placard vide dont le contenu gît ailleurs, et je dis pas souvent qu'ils me reverront, je ne mettrai plus les pieds. Par-dessus, mes CD de tango, mes robes de soirée, mes bas éraflés, mes draps défaits, les mégots qui traînent, tout ce qui me rappelle de près ou de loin. Le placard déborde jusqu'au pied du lit, j'ai beau m'acharner, me décharner, arracher de mon corps mes vêtements et ma peau. Je prends sous l'évier un grand sac poubelle et j'y engouffre les choses les unes après les autres, en poussant tout y tient. Je pose le sac à côté de la porte. Je ferme le placard sur son vide. Je n'ai plus rien à voir. Je vais disparaître.

Assise sur le lit, je touche ma cheville qui a encore enflé. Je perds pied, l'air me manque, trop fin, trop plein, bouffi d'odeurs, d'expirations. Je m'entasse contre le battant du lit, j'essaie de respirer. Je me redresse, pour sortir. Je vais jusqu'à la porte et retour, pas d'issue. De là au lit. Du lit debout. Je grappille dans l'armoire, des cachets, avec peu d'eau que je prends dans le creux de ma main. Deux en tout et pour tout, suffiront bien à me tirer de là. Ça passe mal, je reprends de l'eau, je bois au robinet. En avalant je pense à Anne-Marie Von, elle disait, après des quantités et un coma, que ce n'était pas une tentative de suicide non, c'était plutôt une insomnie, si ça avait été, on l'aurait gardée plus longtemps à l'hôpital, pour une tentative de suicide jamais moins d'une semaine, et on l'avait laissée repartir le lendemain, bien la preuve donc, que ça n'en était pas une.

Je repousse au loin le duvet croupi et son odeur. Je couche à cru sur le matelas, une vieille horreur dépravée, une constellation de taches indéfinissables, des auréoles déteintes et rousses sur le bleu qui part. J'entends des gouttes tomber. Le chauffe-eau se déclencher à intervalles rapprochés, si rapprochés que c'en est effrayant. Je pleure d'angoisse, à n'en pas finir tout crève. Je me répète, je disparais je disparais je disparais.

Je sombre et je remonterai quelques heures plus tard. Au matin – en fait au milieu de la nuit, car je ne me rendormirai pas – je commencerai à découvrir que la substance du temps se modifie et que ce temps qui me manquait, je ne saurai bientôt plus comment le boucher, tant il s'étirera devant moi maigre et sec et infini. Je passerai à vide, que ça sera sans fin. Je n'aurai plus d'heures, plus rien ne me retiendra, j'oublierai de manger, je dormirai n'importe quand, je m'éveillerai au hasard, le cœur dans la gorge et un doigt dans la panique, souvent je paniquerai, terrée, parée, parquée comme un troupeau de bêtes tondues.

Dès le lendemain, j'aurai l'estomac muré, les aliments durciront dans mon ventre, plus rien ne passera. Même un verre d'eau me haussera le cœur. Je n'avalerai plus rien. Je perdrai du poids et je serai prise d'une sorte de tremblement. Je projetterai mon inexplicable nausée sur tout ce qui m'entoure, et d'abord écœurée par la nourriture, je le serai par les odeurs, celles du frigo vide, de mon lit, de mes vêtements, de ma peau, par les choses familières, par la lumière baissée dès 16 heures, par l'obscurité chronique, par l'air que je respire. Le cœur au bord des lèvres, je me mettrai à nettoyer, avec violence.

Je jetterai dans un grand sac poubelle tout ce qui dans ma cuisine est amovible ou détachable : vaisselle, verres, aliments, électroménager, torchons, plaques de four, de frigo, le micro-ondes. J'aspirerai le reste. Ground zero. Je récurerai les murs, je gratterai les dalles, sonderai le plastique verdi de la salle d'eau. Je décollerai, écorcherai jusqu'au sang de mes doigts, de pleins pans de moquette, pour y voir plus clair. Je vivrai dans le sursaut et la crise d'angoisse, l'éponge à récurer dans une main et dans l'autre une bouteille de javel. Aux abois. Je n'arriverai pas à bout de cette décomposition, il me semblera que si je continue à décharner l'endroit, je percerai le sol et les murs, et que ce ne sera encore qu'un début. Logement poreux où rien n'est solide, où, sous les reliefs de la moquette, tout comme une vieille éponge se liquéfie en pourrissant.

Ma cheville guérira mal. Au niveau de la jambe de régulières contractions musculaires me resteront, suivies d'une raideur douloureuse quand je me déplacerai. Séquelles de ma chute au Chantier ? Des coups que j'ai pris ? Ça viendra comme de la moelle. J'aurai des difficultés à plier la cheville et le genou. Peut-être un début de paralysie. Bientôt ça sera une grande angoisse : la paralysie. Je m'interdirai d'y penser. Le médecin me dira que c'est nerveux, qu'il me faut du repos. Du repos, je dirai, du repos. Vous n'avez rien de mieux. Ça fait des mois que je me repose, que je ne fais rien d'autre. Je n'en peux plus, de me reposer, je veux sortir de là, laissez-moi sortir.

Au travers des vitres, le morceau de mur sera immuable. Je penserai : les vitres sont dans un état, comme s'il pleuvait de la boue, traînées noires piquées de gouttes. Le bois des fenêtres en train de pourrir, toujours cette humidité, cette odeur de renfermé, ça ne peut plus durer. Fragment de mur sale.

Pendant des semaines, je n'aurai de nouvelles de personne. Personne ne s'inquiètera de ma disparition. J'apprendrai à respirer. Je mettrai le temps.

J'arrêterai tout à fait le tango : un soir de grande tristesse, deux semaines après la soirée au Chantier, je mettrai un bandage autour de ma cheville et je me rendrai au Latina, avec une sorte de trac. L'haleine chaude des lieux me suffoquera. Je me sentirai mal. Appuyée contre un mur, je fermerai les yeux un long moment. Personne ne m'invitera. Je regarderai contre le mur une brune entre deux âges, morfondue. Je regarderai une à une ces femmes transparentes que personne ne voit, qui ont fait l'effort de s'habiller, de s'habiller mal, de manière tapante, dentelles, couleurs vives, décolletés, qui se sont peint les yeux et la bouche et qui se demandent ce qu'elles foutent là, avec les traits qui durcissent à vue, se figent en même temps que leur maquillage bon marché. Je les regarderai l'une après l'autre remettre leurs chaussures de ville, partir, se glisser loin du tapage dans l'air froid de la rue.

L'atmosphère deviendra irrespirable. Longtemps je suçoterai la paille d'un cocktail dont il ne restera que les glaçons, puis que la paille, tant mâchonnée que plate, creusée de tous mes crocs. Je poserai le verre, un serveur viendra me le prendre. Le vide autour de moi sera complet, pourquoi, j'en aurai le cœur qui serrera longtemps.

Quelqu'un me demandera, c'est quoi à ton bras. (Des traces d'ongles pas remarquées, longues et parallèles, je remettrai mon gilet décimé.) Quelques autres me demanderont, ça ne va pas. Je dirai, tout va bien, un peu de fatigue peut-être. C'est la saison. L'hiver n'en finit pas, cette année. Puis angoissée, je demanderai, trop vite : pourquoi ? j'ai mauvaise mine ? peut-être perdu un peu de poids. Le dernier de mes cavaliers m'embrassera vite fait, en passant. Je lui en voudrai. Je me révolterai. Inutilement. Quelque chose me tremblera dans les mains. Ça passera. Les jambes ne tiendront pas. Tout s'arrangera. Je m'assiérai sur la banquette, le regard blanc, souriant à la dérive.

J'aurai l'air d'une folle et je n'aurai pas bu assez pour l'ignorer. Je sourirai vague, l'œil flouté, qui touche à rien, la tête un peu bâclée en arrière, allée à vau-l'eau. J'oublierai toute dignité. Je réfléchirai amère et me moquant. Ça ne servira à rien. Un des Argentins attroupés à la table habituelle, celle du coin au fond à gauche me regardera en coin, puis je disparaîtrai à nouveau.

J'en serai là, quand l'assistante sociale me trouvera du travail à mi-temps dans un autre hôtel.

On ne me coupera pas le gaz, finalement.

TANGO IN PARADISUM

(Sur l'air de « Un dia de paz »)

En revenant du boulot, trois mois environ après la nuit au Chantier, je trouve un message sur mon répondeur. Lou. Elle dit : C'est Lou. Rappelle-moi.

Quoique très diminuée, je maîtrise le tremblement de mes muscles ou de mes os ou que sais-je, en me rendant rue du Pont-aux-biches. Je me sens presque joyeuse, c'est mauvais signe. Je suppose que l'ennui aidant, et la nostalgie. L'idée qu'avant, c'était mieux. Que pendant, c'était excellent. Que maintenant. Bref. Pas brillant. De me retrouver là, devant cette porte, à me recoiffer à toute fin utile, ça me rappelle des souvenirs, si je m'écoutais je sourirais. À moins qu'une petite angoisse prenne le dessus. Une vague envie de rebrousser. Voir ailleurs, si je pourrais y être. Y suis-je. Idiote, pieds joints devant ce paillasson, à faire l'invitée. Comme si tout ça me regardait. Dans ma démarche, du chagrin ou quelque chose d'approchant. Ma détermination à lâcher le morceau, à tout dire, crier s'il le faut, sur les toits. Mon besoin de me faire peur. Que sais-je. J'entends des voix là-dedans. Sonnons toujours.

C'est Anne-Marie Von qui ouvre, sans lunettes, sans fond de teint, étrangement jeune. Je fais l'habituée, la vieille amie de la famille : Bonjour (sur les deux joues), ça fait une éternité, plus même. C'est la mauvaise saison, on finit par ne plus sortir de chez soi. (Sourire tendu.) Mais Anne-Marie Von a l'air distrait, sans plus. D'où je la connais, pense-t-elle peut-être, où ai-je vu ce teint, ce crin, cet air gai et gelé.

Et je rentre, pendant qu'elle ne dit rien. Je déboutonne mon manteau, pensant me mettre à l'aise – quand me saute aux yeux, Ezequiel dans le sofa en train de donner la réplique à son actrice. Ils sont crapuleusement affalés, chacun d'un côté du fauteuil, couverts de chats, les jambes de-ci de-là, ce qui ne les empêche pas de picoler, à en croire les bouteilles vides. Ezequiel me voit venir d'un mauvais œil, quasiment bouche bée, il montre je trouve des signes de nervosité. Un peu mou quand même, parmi sa tignasse toujours plus substantielle, comme si toute son énergie y passait.

Il prend le parti de sourire d'un air attendri. Ma belle, qu'il dit. Genre rien ne s'est passé, jamais. Toi, je suggère, sans trop y croire. Presque étonnée. Comme si j'ignorais qu'il fait froid dehors et qu'il lui faut un endroit où dormir et des chemises repassées. Un peu de compagnie, pourquoi pas. La compagnie est belle de profil et vilaine de face. Au visage une pointe de vulgarité qui s'accentuera avec l'âge et l'empâtement. Elle ne se redresse pas lorsqu'elle me voit, écrasée sans doute par le poids d'une poitrine outrée. Peut-être refaite pour les besoins du métier, j'ai du mal à en détacher les yeux. Quant à Ezequiel, c'est comme si je le voyais pour la première fois. J'éternue, ça coupe court. Mon allergie. Dans mes jambes un chat sinue, j'essaie de le repousser du pied.

Personne ne me dit de m'asseoir. Je me pose dans le petit fauteuil contre le mur, il est tout tapissé de poils, ce qui ne gâte rien. Je suis vannée, je dis, on m'a reprise, à l'hôtel, enfin, un autre hôtel. Je me sens respectable en disant ça, je m'embourgeoise. Je les regarde croulant de ne s'être pas levés de tout le jour. Partout des reliefs de bal, gobelets plastique vides ou à moitié, cendriers gorgés, sacs traînés. Par terre des bouteilles et sur la table des thermos, des boîtes de fer blanc avec des biscuits mous. Je me tourne vers la vieille, plantée là. Elle a mon manteau sur les bras. L'air heureuse d'avoir tant de monde chez elle. « Et Lou », je dis. Elle me demande si je ne sais donc pas ? Lou est de retour. Au fond du fauteuil, les deux crapules ne bronchent pas. Je prétends que je ne suis au courant de rien. Je dis, elle m'a laissé un message. Alors elle te racontera, fait la vieille, elle devrait déjà être rentrée. Rien de grave, je demande précipitée. Et là, je vois les yeux d'Anne-Marie Von dans leur jus.

La femme d'Alexis étant revenue, Lou sans prévenir était partie. Elle avait disparu. Elle-même, elle n'avait jamais su où, mais Alexis, ça lui avait comme fait perdre la tête. Enfin, les bonnes résolutions de Lou n'ont eu qu'un temps. Elle s'ennuyait d'Alexis et lui sans elle n'y tenait plus. J'éternue. Il est allé la chercher.

C'est alors que le malheur est arrivé, lâche-t-elle enfin, et elle va de ce pas à la cuisine, sans doute se resservir en aspirines. Je lui en demande pour moi, des fois que contre l'allergie et le malheur. Et là, elle me montre sur la cheminée, une urne funéraire en faux marbre blanc et un chat roux lové contre, comme pour s'y frotter le dos.

Quoi, je dis.

Je vois ça d'ici.

Feu Alexis, de chair, de sang, en chair et en os, on lui a brisé le, corps et en feu, et en cendres, dispersé, partout, où qu'on regarde, Alexis, et encore, encore lui, partout où il n'est plus, où on ne le reconnaît pas, le tronc et un bras, une jambe à tort, et à travers sa peau dépassée, crevée de cartilages, de fragments d'os, la chair broyée, en larmes et en sang, les viscères inflammées, et partout, où qu'on regarde, plus rien ne tient, Alexis, dans l'herbe déjeunée, répandu sur la terre, bu dans les bronches ardentes des buissons, imprégnant des lambeaux, de l'étoffe grillée, dans la boue, dans une flaque qui est lui-même. Informe, désincarné, retourné de là, là, d'où il vient. Alexis, rouge et noir et rose et brun, les yeux pas là sorti

ensommeillé.

La vieille se retient de pleurer : c'était mon préféré. Il s'est réveillé mort, voilà. Il s'est réveillé mort, je dis, pour dire quelque chose : à l'hôpital, alors. Non chez nous, qu'elle répond, de tout son long, par terre, comme s'il avait essayé de se traîner encore, il avait en avant une de ses petites pattes. En avant, une de ses pattes, je répète. Ça me rabat le caquet.

Une intoxication, que je dis d'un jet. Une intoxication comment, elle dit, ils ne sortent pas d'ici. Pauvre Zéphyr.

Je me recueille un instant.

Je n'y tiens plus. Ce que sont devenus Lou et Alexis, je demande, la voix perchée.

Un bruit de clef fait dire à la vieille, elle te racontera elle-même. Lou apparaît – dans un manteau noir qui bâille et traîne au sol – et elle me dit, c'est toi, en m'entraînant dans la chambre. Elle enlève l'énorme manteau d'un trait. Je suis si heureuse, soupire-t-elle, l'air défait.

Il faut que tu voies ça, elle dit, du coq à l'âne. Et elle se défeuille, jette l'un après l'autre ses vêtements sur le dossier d'une chaise, et je vois son corps abîmé, il est d'une chair de lait qu'un rien massacre, que le froid de l'hiver fait s'écailler, que des taches noires déparent. Elle enfile par le haut une robe lamé or, si à même qu'elle marque chaque repli, que je vois ses seins durcis et sa peau à rompre. « Attends, attends » s'écrie-t-elle, de peur que je ne la regarde trop vite, et elle met des chaussures dorées magnifiques, toutes simples, puis se pose là, devant moi, comme par magie, dans ses cheveux toute flambée qui prennent sur son visage et son corps : « Alors ? » Alors, je finis par dire, que ça en jette ouais. Elle sourit convenue, qu'Alexis aime bien lui aussi. Puis elle me fait, plus bas, Et Ezequiel ? Je ne dis trop rien. Elle (du coin), qu'il n'y tient pas tant, à sa blonde, ça serait facile, si je voulais. Elle a l'impression qu'il a peur, peur que je lui en veuille. Un rien le rassurerait, sourit-elle, l'air de s'y connaître.

Qu'Ezequiel et Alexis sont devenus tellement proches depuis cette soirée au Chantier, inséparables. Qu'Ezequiel veut les faire danser dans sa prochaine pièce, Lou et Alexis, il est en train de la réécrire spécialement pour eux. Que ça ferait de la pub, si la pièce a du succès, et elle en aura, pas de doute.

Le babil de Lou qui a peur du vide, une voix qui trinque. Je me suis fait du souci pour toi, elle dit. Ma belle, qu'est-ce que tu as donc ? Tu as le visage. J'ai le visage dépecé, mangé. Une cheville de verre. Les nerfs fragiles.

Puis elle revient à elle-même elle dit. Que ça n'a pas été facile. La femme d'Alexis était de retour. Et Lou a joué son va-tout, elle s'est tirée, elle s'est réfugiée, elle a disparu. Chez un ex devenu. Un ami si on veut. (Là elle a son sourire de mangeuse.) Que ça l'a rendu fou Alexis. Elle a cru qu'elle allait y rester, Lou se vante, elle parade. Que je ne l'ai jamais vu en colère, moi, et elle m'en parle comme d'un spectacle rare, à ne pas manquer. Fière de l'avoir poussé à bout, elle y voit de l'amour. C'est très. Passionné, elle dit. Elle dit qu'il lui faut ça. Je remarque, son maquillage coulé en dessous de l'œil gauche, n'est pas du maquillage. Mais Alexis divorce, ça y est. Il ne rentre plus chez lui que pour consoler sa pauvre veuve, et Lou rit mal famée. Lou éclatée de rire, tout abêtie de si bon cœur, mauvaise fortune. (J'ouvre grand les yeux. Comme des mouches noires se posent sur la rétine. J'essaie de les chasser de la main.)

Et puis, elle est si heureuse qu'Alexis ait abandonné ses projets de film. Un film sur le tango. Violent, cru, rapide. Des séquences de tango, dans les bas-fonds. C'était moi l'héroïne, elle dit ricanant. Ça ne ressemble à rien, il abandonne. Tourne enfin la page. Cette manie qu'il avait, cette idée d'en mettre partout, partout du sang, ça lui faisait peur des fois, elle se disait, mais ça va s'arrêter, il va s'arrêter où ce mec. Et : Je vais te montrer, tiens. (Elle me fait voir sur l'ordinateur un extrait de film, que je connais déjà, celui où on voit une main, ses bagues poissées, noyées, on se demande, et le reste du corps.) Ça fait peur, non. Elle ne sait pas trop, des fois, ce qui lui passe par la tête. Autant pas savoir. En même temps, ça lui plaît assez de ne pas être sûre qu'il saura s'arrêter. Pas sûre que ce soit pour de faux, tout ça. Toujours un doute, toujours comme si. Et il en aurait le droit. Droit de vie et de mort. Ça lui ferait une belle fin (elle a l'air flattée de si mal finir).

Lou sinueuse. Entraîneuse. Entêtante comme une overdose de parfum. Une odeur de clope glacée dans les vêtements qu'elle a laissés sur le dossier de la chaise. Elle meurt de froid dans sa robe lamée, qui lui colle dans chacun de ses pores. Peau de poule et chair de chat battu, maigri sous les coups. Elle est mal épilée sous les bras, maquillée à l'emporte-pièce. Ça cache ma peau, elle dit, elle est toute foutue ma peau ces temps-ci, c'est la fatigue, les insomnies, c'est la clope, les intempéries, dès que je sors, l'humidité ou le froid me crevasse, malgré les couches successives, ça fait des plaques, tout à refaire, quel climat, c'est le climat qui me bousille la peau, ah Buenos Aires.

Mais elle parle elle parle et je ne sais pas de quoi, je ne connais pas la nouvelle. Ils sont passés en demi-finale. Elle n'aurait jamais cru se payer ce ridicule : la compétition de la porte d'Orléans. Mais le séjour en Argentine à la clef les tente. (Buenos Aires. Je rêve.) Quinze jours qu'ils travaillent d'arrache-pied. Qu'ils s'enferment nuit et jour dans une petite salle louée exprès dans le dix-huitième. Elle sent un peu l'égout, mais il y a du parquet. Une bonne sono. Pour la chorégraphie, ils se font aider par Rosalba Palacios.

Tu viendras, elle dit, tu viendras nous voir, applaudir, dimanche, après-demain. Elle les a là quand elle y pense, jamais autant stressé de sa vie, mais ça devrait jouer. Ça va jouer. Elle le sent. À eux Buenos Aires. (Elle soupire.) Les autres, Rosalba lui a dit, des amateurs, des ringards, zéro allure, il y a un couple de vieux, un autre qui revient tous les ans avec la même choré, juste peut-être la petite Céline, elle s'en méfie, elle a passé des années en Argentine Céline, heureusement son mec sort d'on ne sait où, un pauvre type qu'elle s'est collée, après que son cavalier l'a larguée, larguée après six ou sept ans, l'Argentin typique quoi (elle ricane) pour une plus jeune, Fabio, c'était quelque chose celui-là, une vraie crapule mais une classe folle, Lou l'a vu l'autre soir, l'a reluqué toute la soirée, il l'a snobée j'aurais vu ça, pas dansé de la soirée sauf avec sa belle, rien de fameux pourtant, l'Argentine standard, noiraude petite des hanches des seins les yeux pas mal, mais elle danse oui, elle danse, là elle est redoutable. Céline dans son coin, la pauvre, comme elle a maigri, enfin pas au mieux de sa forme, mais se méfier quand même.

Elle veut me faire voir un petit enregistrement : hier ils ont demandé à Ezequiel de les filmer. Elle crie, Ezequiel Ezequiel, qui arrive, suivi de la tante et des chats et il mate Lou que c'est pas possible dans sa robe lamée, sa bouche fait une sorte de rond. L'actrice reste derrière, trop affalée pour tenir debout. Nous regardons tous quatre le film sur le petit écran de l'ordinateur. Une horde de chats glisse dans nos jambes. L'allergie me monte aux yeux. J'éternue. À vos amours, dit la vieille.

Les mouches noires deviennent des plaques mouvantes. Je demande à m'asseoir. Je lâche d'un coup que je deviens aveugle. Ou bien ce sont les chats, l'allergie, la fatigue. Personne ne semble m'entendre. Peut-être n'ai-je rien dit.

Pour faire vrai, Lou robe pailletée ultra moulante, en rajoute, de ses mécaniques bien roulées, met plein la vue. Lou craché. Tout ce remplissage, sa peur du vide peut-être – et ces figures, qui les guide ? ça passe quand même, tout passe. Je me sens émue. La fatigue, sans doute. Une vieille fatigue. Ou la main d'Ezequiel sur mon épaule.

Pas mal hein, fait Ezequiel.

Ce type-là (Saint-Ours) est d'un ringard, remarque la blonde qui nous a rejoints, d'une voix un peu rauque qui ne manque pas d'agrément. Jamais vu une dégaine pareille. Mais quand il danse, il est divin, faut reconnaître.

Un bon début pour leur carrière, ajoute la tante.

Que nous ne savons rien encore, nous dit Lou avec fierté. Qu'ils ont un contrat de quatre heures semaine au Rétro dancing. Le cours troisième âge. Ils l'ont appris aujourd'hui même. La tante pousse des cris d'orfraie. Moi j'imagine toute cette vieille chair dans les bras d'Alexis. Toutes ces mains tremblant sur le corps de Lou.

Sur la vidéo, Lou et Alexis ne parviennent pas à danser les silences, parfois ça respire mal. Mais Alexis a retrouvé tout son chic, semble-t-il, l'image est trop petite pour bien juger. Je pince les paupières pour voir mieux, plus de mouche, plus de plaques. Ils dansent sur Tanguera, ma préférée. Ce doit être la musique qui me remue.

Vous allez gagner, assure la tante. Vous avez le niveau. Dans chacun de ses mouvements, Lou est d'une grâce un peu désordonnée, Alexis d'une violence un peu jouée. Vous allez gagner, je dis, avec une vieille larme sans raison, une larme d'avant le déluge, que je ne pleure pas, puis que je pleure.

J'inspire fort, ça faisait longtemps. Mes mains sont nues, un peu écorchées encore, plus de bagues, mais blanc bleu. La peau très fine partout, on voit au travers, je sens mon sang couler.

Ma jolie, me dit Ezequiel qui se tient derrière moi, puis contre moi, et passe la main dans mes cheveux décolorés, descend jusqu'au creux de mes coudes au creux de mes os. Ça fait des jours que je me dis que je passerai voir comment tu vas. Excuse-moi d'avoir remis : la chorégraphie nous a pris tout notre temps. C'est après-demain. Tu viendras voir, au moins ? Je t'emmène. Il me prend la main, la céleste. La terrestre levée dans son dos ne le touche pas, puis le touche. Je sens comme un ancien sanglot qui ne passe pas, puis passe sans bruit, je suis entourée des bras et des cheveux d'Ezequiel partout, mon visage dans sa poitrine. Je ne tremble plus. Je ne pleure pas. J'y vois clair.

Gancho, saccada, c'est la fin, mordida. Par-dessus l'épaule d'Alexis, Lou quitte son regard froissé, faussement tourmenté. Racole son soi-disant public d'un sourire. D'un autre sourire, vainqueur et convenu, entortille son cavalier. Éperdue, amoureuse, des yeux embrasse le vide. La voix d'Ezequiel grésille : c'est bon là, je coupe.

PETIT LEXIQUE

Abrazo : Littéralement l'étreinte, la manière dont les partenaires se tiennent enlacés. Dans le tango traditionnel, le visage et le buste se touchent et ce contact permet à l'homme de communiquer avec sa danseuse et de la guider. L'abrazo est d'autant plus important que le tango est une danse qui dissocie les mouvements du haut et du bas du corps.

Cabeceo : Le signe de tête qui confirme une invitation à danser. Traditionnellement, dans les milongas, l'homme invite par une mirada (un regard) puis un cabeceo, avant de venir chercher sa danseuse.

Cumparsita : Célèbre air de tango composé par Gerardo Hernan Matos Rodriguez en 1916 et qui clôture très souvent la milonga / le bal.

Gancho : Mouvement fouetté de la jambe de la femme autour de celle de son partenaire.

Milonga : 1. Avec le Candombe et la Habanera, la milonga est une des danses ancêtres du tango qui continue à se danser aujourd'hui, dans les bals de tango. Plus enlevée, joyeuse et rapide que le tango.

2. Le mot « milonga » désigne aussi le bal, l'endroit où l'on danse le tango, la milonga et le tango-valse.

Mirada : Le regard d'invitation à danser de l'homme, à laquelle répond (ou ne répond pas) celui de la femme, et qui est suivi (toujours de la part de l'homme) du cabeceo, le signe de tête confirmant l'invitation.

Mordida : Pas par lequel l'homme enserre le bout du pied de la femme.

Ocho : Figure de base du tango. Succession de pas croisés en avant ou en arrière qui forment un huit.

Sacada : Figure de tango. La jambe de l'homme fait obstacle à celle de la femme, dont le mouvement est dès lors dévié.

Tanda : Dans les bals, le tango se danse par série de quatre morceaux, souvent du même compositeur et joués par le même orchestre. Les tandas de tango alternent avec des tandas de tango-valse et de milonga.

TABLE

BABEL

Extrait du catalogue

1222. CAROLE ZALBERG
Mort et vie de Lili Riviera

1223. ANNA ENQUIST
Contrepoint

1224. AKIRA YOSHIMURA
Un spécimen transparent

1225. JUSTIN CARTWRIGHT
La Promesse du bonheur

1226. AREZKI MELLAL
Maintenant, ils peuvent venir

1227. JEAN CLAUDE AMEISEN
Sur les épaules de Darwin

1228. JOSEPH E. STIGLITZ
Le Prix de l'inégalité

1229. MARIE GROSMAN ET ROGER LENGLET
Menace sur nos neurones

1230. FRANCIS HALLÉ
La Condition tropicale

1231. DAVID VAN REYBROUCK
Contre les élections

1232. HÉLÈNE FRAPPAT
Inverno

1233. HÉLÈNE GAUDY
Si rien ne bouge

1234. RÉGINE DETAMBEL
Opéra sérieux

1235. ÉRIC VUILLARD
La Bataille d'Occident

1236. ANNE DELAFLOTTE MEHDEVI
Fugue

1237. ALEX CAPUS
Léon et Louise

1238. CLAUDIA PIÑEIRO
Les Veuves du jeudi

1239. MIEKO KAWAKAMI
Seins et Œufs

1240. HENRY BAUCHAU
L'Enfant rieur

1241. CLAUDE PUJADE-RENAUD
Dans l'ombre de la lumière

1242. LYNDA RUTLEDGE
Le Dernier Vide-Grenier de Faith Bass Darling

1243. FABIENNE JUHEL
La Verticale de la lune

1244. W. G. SEBALD
De la destruction

1245. HENRI, JEAN-LOUIS ET PASCAL PUJOL
Question(s) cancer

1246. JOËL POMMERAT
Le Petit Chaperon rouge

1247. JÉRÔME FERRARI
Où j'ai laissé mon âme

1248. LOLA LAFON
Nous sommes les oiseaux de la tempête
qui s'annonce

1249. JEANNE BENAMEUR
Profanes

1250. PATRICK DEWITT
Les Frères Sisters

1251. ALAN DUFF
Un père pour mes rêves

1252. JAN GUILLOU
Les Ingénieurs du bout du monde

1253. METIN ARDITI
Prince d'orchestre

1254. DON DELILLO
Great Jones Street

1255. ROOPA FAROOKI
Le Choix de Goldie

1256. MARIA ERNESTAM
Toujours avec toi

1257. JEAN-YVES LOUDE
Lisbonne, dans la ville noire

1258. PRALINE GAY-PARA
Contes très merveilleux

1259. MATHIAS ÉNARD
Rue des Voleurs

1260. LAURENT GAUDÉ
Pour seul cortège

1261. WAJDI MOUAWAD
Anima

1262. ÉRIC VUILLARD
Congo

1263. CÉLINE CURIOL
L'Ardeur des pierres

1264. ANNE PERCIN
Le Premier Été

1265. LAURENCE VILAINE
Le silence ne sera qu'un souvenir

1266. CÉCILE LADJALI
Louis et la Jeune Fille

1267. PHILIPPE DE LA GENARDIÈRE
Le Roman de la communauté

1268. YÔKO OGAWA
Les Tendres Plaintes

1269. HANAN EL-CHEIKH
Toute une histoire

1270. HERBJØRG WASSMO
Un verre de lait, s'il vous plaît

1271. JAUME CABRÉ
L'Ombre de l'eunuque

1272. JEAN-CLAUDE GRUMBERG
45 ça va

1273. ANDRÉ BRINK
Mes bifurcations

1274. PAUL AUSTER
Chronique d'hiver

1275. JÉRÔME FERRARI
Variétés de la mort

1276. ALICE FERNEY
Cherchez la femme

1277. CLAUDIE GALLAY
Une part de ciel

1278. FLEMMING JENSEN
Le Blues du braqueur de banque

1279. DAVID VAN REYBROUCK
Congo. Une histoire

1280. ANNE MARTIN-FUGIER
Galeristes

1281. ANTON TCHEKHOV
Platonov

1282. AHMED KALOUAZ
À l’ombre du jasmin

1283. HUGH HOWEY
Silo

1284. NAGUIB MAHFOUZ
Karnak Café

1285. INTERNATIONALE DE L’IMAGINAIRE N° 29
Alerte : patrimoine immatériel en danger

1286. AKI SHIMAZAKI
Tonbo

1287. LAURENT GAUDÉ
Onysos le furieux

1288. RAPHAËLLE RIOL
Amazones

1289. ANTOINE PIAZZA
Un voyage au Japon

1290. RUSSELL BANKS
La Relation de mon emprisonnement

1291. KAMEL DAOUD
La Préface du nègre

1292. MARC BIANCARELLI
Murtoriu

1293. FERNANDO MARÍAS
Je vais mourir cette nuit

1294. TOMAS ESPEDAL
Marcher

1295. SIRI HUSTVEDT
Vivre, penser, regarder

1296. MARILYNNE ROBINSON
Gilead

1297. MICHEL TREMBLAY
La Traversée du continent

OUVRAGE RÉALISÉ
PAR L'ATELIER GRAPHIQUE ACTES SUD
REPRODUIT ET ACHEVÉ D'IMPRIMER
EN FÉVRIER 2015
PAR NORMANDIE ROTO IMPRESSION S.A.S.
61250 LONRAI
POUR LE COMPTE DES ÉDITIONS
ACTES SUD
LE MÉJAN
PLACE NINA-BERBEROVA
13200 ARLES

DÉPÔT LÉGAL
1re ÉDITION : MARS 2015
N° impr. : 1500700
(Imprimé en France)